LES
BOUDOIRS
DE PARIS.

PAR

LE DUC D'ABRANTÈS.

I

PARIS.

CHARLES LACHAPELLE, ÉDITEUR,

RUE SAINT-JACQUES, 38.

—

1844.

INTRODUCTION.

———◆———

Les femmes ont toujours eu des amans;
elles n'ont pas toujours eu de boudoirs. En
entreprenant de tracer la physiologie des
boudoirs (— qu'on me pardonne le mot, au
nom du ciel! on en a tant abusé, qu'un écrivain qui se respecte et qui respecte le public
auquel il s'adresse, ose à peine s'en servir
aujourd'hui; c'est, du reste, le **propre** de

l'abus : il tue l'usage —). **En** entreprenant donc de tracer la physiologie des Boudoirs de Paris, il est facile de s'en faire complètement l'historien. **En** effet, ce n'est pas ici un mot que le caprice invente pour rajeunir une chose déjà connue. Les *Lions* d'aujourd'hui sont les *Incroyables* d'il y a cinquante ans, comme ceux-ci reproduisaient assez bien les *Merveilleux*, leurs prédécesseurs : il n'en est pas ainsi du boudoir : le mot a été créé pour la chose. Il appartenait à l'époque dissolue et galante de la Régence d'inventer l'un et l'autre. **En** retrouvant l'origine et l'époque précise de la création du boudoir, j'ai vainement cherché l'étymologie du mot : je n'ai pas trouvé d'explication officielle. Ménage, l'étymologiste souvent habile, toujours ingénieux, n'en parle point. J'ai interrogé quelques vieux amis de famille, ils ne se sont pas **rappelés** ou peut-être ils n'avaient jamais su d'où venait ce nom passablement bizarre. Et cependant, il est parmi eux des hommes qui ont assez d'années pour avoir vu sur sa vieillesse le fameux maréchal de Richelieu, M. de Voltaire, et tant d'autres.

Dans l'absence de documens authentiques qui pussent me guider sur cette grave question, j'ai été réduit aux conjectures. En ceci, comme en beaucoup d'occasions, on se met quelquefois l'esprit à la torture pour trouver des choses dont la solution est parfois de la plus naïve simplicité. Aussi, j'avoue humblement que, de toutes les combinaisons auxquelles je me suis sérieusement livré, nulle ne m'a paru aussi satisfaisante que ce que me répondit l'autre jour une jeune et aimable femme, à qui je faisais part du chagrin que j'éprouvais à ne pouvoir découvrir l'importante étymologie dont la recherche absorbait toutes mes pensées.

— Boudoir! me dit-elle après un court moment de réflexion; cela veut dire infailli- blement le lieu où une femme se retire pour bouder son mari.

J'ai bien peur de faire un pléonasme en disant que la personne qui parlait ainsi à un mari.

En rentrant chez moi, je me sentis saisi d'admiration en songeant à l'explication de la jolie femme. J'avais toujours rejeté l'éty- mologie *bouder*, parce que, me disais-je, s'il n'est que trop vrai que parfois on boude dans un boudoir, il est positif que ce n'est pas pour cela qu'on y vient. Mais bouder son mari! le complément du verbe donne tout de suite une bien autre signification à ces six lettres! Il y a autant de différence entre *Bouder* et *bouder son mari*, qu'entre *vivre* et *bien vivre*; une femme qui boude est une sotte et une maussade; une femme qui boude

son mari est une femme charmante, spirituelle, adorable, à qui il faut de toute nécessité un boudoir pour bouder le mari. Où le
bouderait-on, le pauvre homme? On ne peut
pas le bouder partout.

Je n'ai pas besoin, je pense, de faire res-
sortir davantage toute la profondeur de l'explication que me donna ma généreuse amie,
qui a, soit dit en passant, le plus joli boudoir
du monde, où je vous mènerai bien un de
ces chapitres, dût-elle m'appeler ingrat.
Cette explication me paraît si acceptable que
je la donne de confiance.

L'étymologie d'un mot retrouvée est la clé
de toute une histoire perdue : rien de plus
facile que de reconstruire ce qui a dû se
passer il y a quelque cent vingt ou cent
trente ans. Il est notoire que les femmes ont
boudé leurs maris depuis l'invention du
mariage; mais il arriva un beau jour que

quelque raffiné en galanterie s'aperçut qu'il
était gênant d'avoir à prendre une foule de
précautions plus ennuyeuses les unes que
les autres ; elle éprouva le même embarras
que le prêtre d'une religion quelconque qui
n'aurait pas de temple où renfermer l'autel
où il célèbre son sacrifice. Peut-être aussi
cette pensée était-elle déjà venue précé-
demment à d'autres femmes ; mais il est bon
de remarquer que, même dans la période
galante du siècle de Louis XIV, il y avait un
certain gourmé qui eût été un obstacle à la
réalisation de cette idée. Quant aux dernières années du grand roi, il ne fallait pas
penser à inventer de pareilles drôleries. Car,
il est presque inutile de le dire, en toutes les
langues et en tout temps, bouder son mari a
une signification tellement claire que l'on
ne peut s'y méprendre.

Aussi, choisir un lieu spécial de son ap-

partement pour y aller *bouder son mari* est
d'un cynisme qui ne va pas trop mal à l'é-
poque à laquelle remonte l'origine des boudoirs. Si la duchesse de Berry, fille du régent,
avait eu alors un mari, elle était si rieuse e
si spirituelle que je n'hésiterais pas à lui attribuer l'honneur de l'invention. Toujours
est-il que l'inauguration du boudoir voulait
dire, comme autrefois les sandales du con-
fesseur, à la porte des belles dames Espa-
gnoles : N'entrez pas, monsieur mari, je
suis en train de vous bouder.

Ce fut alors un temps d'honneurs et de
joie pour le boudoir, temple consacré, sans
réclamation admissible, aux rapides et folles
amours ! Les femmes, déesses de ce temple
de nouvelle date, s'y trouvaient si bien
qu'elles n'en sortaient plus; elles y passaient
leur vie, y recevaient leur monde, même
quand elles n'avaient personne à bouder.

Elles se sentaient dans leur empire, si bien que le boudoir devint le centre de leurs opérations et que le mot, déviant de son acception primitive, signifia bientôt moins le lieu spécial où la femme se retirait pour bouder son mari, que le quartier-général de la bouderie conjugale.

Dans cette époque de délire, où la monarchie creusait son tombeau de ses propres mains et se donnait le change à elle-même en comblant l'abîme avec un piége de fleurs qui devait un jour manquer sous ses pas, le règne du boudoir devait être ce qu'on l'a vu, entier, brillant, tyrannique : les voluptueux ameublemens de Boule devaient, en effet, plaire plus qu'un lit de justice à un roi soumis successivement à l'empire de Cotillon Ier, II et III, et qui disait, en parlant du beau royaume de France : Cela durera toujours autant que moi.

Quoique les mœurs de la cour de Louis XVI
ne ressemblassent en rien à celles de la cour
de son prédécesseur, les femmes y avaient
conservé une grande influence : la reine était
jeune et belle. La faveur de mesdames de
Lamballe et de Polignac donnait aux femmes,
dans la société, une importance que les hommes, emportés par le mouvement des idées politiques, ne songeaient pas à leur disputer.
Dans un ordre secondaire, les grands seigneurs avaient continué les erremens de la
Régence et du règne de Louis XV. Mademoiselle Arnould, mademoiselle Guimard, et
tant d'autres, tenaient ouvertement la maison
du prince de Soubise, du duc de Lauraguais, de tous les grands seigneurs enfin qui
aimaient le plaisir. En haut et en bas, les
boudoirs, plus ou moins chastement peuplés,
avaient conservé leur importance; et l'on
peut même dire que cette société, qui s'en

allait croulant, se rattachait, comme d'instinct, aux branches des traditions de l'ère
qui l'avait précédée, pressentant que l'heure
n'était pas éloignée où, peut-être, elle allait
être violemment forcée d'en finir avec toutes
ces joies et ces amours dont on allait lui
faire des crimes.

Ce jour arriva terrible, grave, sévère
comme toute expiation : alors, les boudoirs
se fermèrent. Les portes de la Force, de la
Conciergerie s'étaient ouvertes pour recevoir
les hôtes de ces brillans réduits, et l'échafaud avait dévoré les plus illustres têtes. Un
ou deux des hommes qui ont pris part à
cette grande et sombre époque ont bien
tenté de se dérober, de temps en temps, aux
soins de l'état pour se divertir en liberté ;
mais ce n'est qu'une parodie du plaisir. Dans
ces orgies, le rire ressemble à une sanglante
ironie, et si le beau Saint-Just couronne de

fleurs madame de Sainte-Amaranthe, la fête aboutit à l'échafaud.

D'ailleurs, dans le plan que nous nous sommes tracé, de pareilles scènes ne sauraient nous occuper beaucoup : le boudoir, c'est la femme. Ici, la femme n'est plus reine : c'est la captive chez le vainqueur, l'esclave chez son maître, la victime chez le bourreau.

Quand la terreur fut finie, quand surtout le directoire fut établi, on sait quel relâchement s'introduisit dans les mœurs en France. Ni le temps de la Régence, ni celui de Louis XV ne peuvent être comparés à la dissolution qui régna dans la société parisienne à cette époque. Barras, petit gentilhomme ignoré, que les circonstances avaient porté au souverain pouvoir, exagéra la licence de la cour du Régent. Echappée à peine au régime de la terreur, la société sembla admettre que les excès qui venaient d'avoir lieu lui donnaient le droit de tout faire dans un certain ordre d'idées, comme la Terreur avait admis que les crimes de la royauté devaient l'absoudre de ses cruautés. Bien que ressemblant assez peu pour la forme et pour le fond à leurs devancières, les femmes à la mode de ce temps-là sentirent qu'elles avaient au moins cela de commun avec elles, qu'elles ressaisissaient le sceptre du pouvoir. Avec l'habileté particulière à leur sexe, elles profitèrent de la position, et le boudoir rentra dans ses honneurs passés.

L'époque directoriale n'était que de transition : toutefois la restauration du pouvoir féminin, j'entends comme société, fut léguée par elle à l'ère du consulat et de l'empire. Pendant que les armées impériales se chargeaient de prouver à l'Europe que nous étions toujours, les armes à la main, la première

nation du monde, les femmes faisaient de
Paris le plus délicieux séjour de l'univers. Les
étrangers qui, dans les intervalles de paix,
venaient visiter la France, soit pour leur
plaisir, soit chargés de missions diplomati-
ques, voyaient, non sans quelque surprise,
que la cour impériale était une des plus bril-
lantes de l'Europe. Il est devenu aujourd'hui
inutile de rappeler que, à quelques rares exceptions près, les femmes des grands digni-
taires de l'empire avaient des maisons tenues
avec une élégance et une distinction rares.
Comme sous l'ancien régime, la plupart
d'entre elles avaient ce que l'on appelle maison ouverte.

Les femmes durent nécessairement dans
cette période avoir une grande prépondérance
sociale. Aussi, nous aurons de grandes grâces
à rendre à cette belle époque pour l'histoire
des Boudoirs de Paris.

On comprend, du reste, que la guerre soit assez favorable au développement de cette puissance des femmes. Pendant qu'on se bat, elles sont maîtresses du terrain : au retour, après les dangers et les succès, on est si heureux de les retrouver, qu'on ne songe pas à leur disputer un pouvoir dont elles font un si gracieux usage. L'homme qui revient de l'armée, où il a fait une rude campagne, ne s'occupe guère de savoir, quand il revoit une femme jolie et prévenante, si c'est dans *son* salon *à lui* ou dans *son* boudoir *à elle* qu'il la retrouve. Habitué à bivouaquer en pays ennemi sans s'inquiéter du lieu où il se trouve, il s'assied sur un sofa ou un large fauteuil de boudoir, sans plus de méfiance que sur une chaise de salle à manger. Il a bien le temps de regarder à cela ! il n'y entend pas malice; au contaire,

il dit *le* boudoir comme il dirait *le* salon,
comme si ce boudoir était à lui !

Il me paraît également facile à démontrer
que le contraire doit se manifester dans
les mêmes proportions, surtout dans un état
constitutionnel. Le régime constitutionnel en
temps de paix offre une vaste arène aux passions politiques, aux grandes et surtout aux
petites ambitions, qui finissent par tout enva-
hir; l'ambitieux est jaloux de toute réputation,
même de celle d'une jolie femme. J'ai connu
un homme qui avait, à tort ou à raison, une
si haute idée de son mérite, qu'à tout ce
qu'on lui citait dans quelque genre que ce
fût, il commençait sa réponse par :

— Moi, j'ai fait.... moi, j'ai vu.... moi,
j'ai dit..... Et ce qu'il avait fait, vu ou dit,
était toujours quelque chose de plus coura-
geux, de plus extraordinaire, de plus spirituel
que ce dont on venait de l'entretenir. Un jour

je le rencontre au foyer des Italiens. Je donnais le bras à deux ou trois jeunes gens de ma connaissance. L'homme aux *moi, j'ai fait*..... nous aborde.

— Eh bien! vicomte, lui dis-je, comment trouvez-vous que madame Malibran a chanté ce soir?

— Moi, me dit-il, avec son aplomb ordinaire, je.....

Et comme il allait probablement nous dire avec naïveté qu'il chantait beaucoup mieux que madame Malibran, il s'arrêta tout court, sans doute en voyant l'air étonné de ses auditeurs, ne songeant pas, dans sa bonne foi, à se rattraper avec plus ou moins d'adresse, en nous disant qu'il ne la trouvait pas de son goût ou qu'il avait entendu mieux.

Les hommes politiques ou soi-disant tels occupent ou veulent occuper la scène exclusivement. De là un conflit entre leur prépondérance et celle des femmes, dans lequel la nature délicate de celles-ci ne triomphe que lorsqu'il y a supériorité marquée, et alors ce n'est pas le triomphe d'une cause, mais seulement celui de quelque individualité. Sous la Restauration, dès que l'ordre fut établi d'une manière à peu près stable, et que le régime parlementaire eut passé dans les mœurs, l'influence du boudoir s'éclipsa devant celle de la tribune. Les hommes politiques mirent de la politique partout ; ils improvisèrent en dinant, et envahirent le boudoir de leurs femmes pour répéter leurs rôles du lendemain.

C'est de cette préoccupation parlementaire qu'est né ce que l'on a désigné sous le nom célèbre du Canapé. Quelques femmes, habituées à régner, aimèrent mieux livrer aux combattans leur territoire pour s'y escrimer, dans l'espérance de le voir illustré par quelque

1. 2

action d'éclat, que de rester neutres et ignorées. Il y a bien loin sans doute des discussions philosophiques et politiques aux futiles mais divertissantes conversations des boudoirs du dix-huitième siècle. Chacun prend son plaisir où il le trouve.

Enfin la Restauration s'écroula : une nouvelle aristocratie surgit de la victoire. C'était celle de l'argent. Tout prit une espèce de couleur commerciale qui menaça d'annihiler les traditions de gloire et de plaisir, si profondément enracinées dans les mœurs françaises. On crut qu'il y avait à désespérer de la régénération spirituelle d'une nation où un homme d'état à qui l'on demandait quelle heure il était, répondait : deux heures cinquante *centimes*, et où une jolie femme croyait dire un mot plein de sel en disant à un homme à qui elle avait permis de se pré senter chez elle à huit heures et qui n'y était arrivé qu'à huit heures un quart.

— La caisse ferme à huit heures, monsieur. On ne paie plus aujourd'hui.

Devant de pareilles mœurs on fut autorisé à croire que le boudoir avait fini son temps.

Cependant une réaction s'est opérée : quand des circonstances, qui avaient suspendu un certain état de choses, viennent à se prolonger, il n'y a rien de surprenant à ce que cet état de choses reparaisse tout à coup, sans pour cela que les circonstances qui l'avaient neutralisé cessent d'exister. La France est aujourd'hui, abstraction faite des questions de dynastie et de constitution, identiquement dans la position où elle se trouvait depuis 1815. Socialement parlant, il n'y a pas de différence. Près de trente ans ont passé sur les prétentions parlementaires, et on a fini par voir que, sauf quelques belles et rares exceptions, il y avait au fond de cette prétention à la gravité, plus de bruit que de besogne. On a été fatigué de n'entendre parler que de lois qui se faisaient ou ne se faisaient pas, que de question d'Orient et de chemins de fer, et l'on a écouté avec reconnaissance les femmes à la mode qui ont essayé de parler d'autre chose. Il est des coutumes qui, une fois admises, ne peuvent que bien difficilement disparaître. Les femmes, en France, avaient bien pu fermer leur boudoir, quand elles en ont été arrachées comme en 93, ou expulsées par la politique ou l'agiotage dans ces vingt-cinq dernières années. Mais elles n'avaient pas plus renoncé à leurs états qu'elles n'avaient abdiqué leur pouvoir. Le boudoir ne vise pas à l'héroïsme, comme la Garde impériale. Il se rend : il ne meurt pas.

Nous verrons donc encore des boudoirs à Paris, et de gracieux et agréables boudoirs.

Malgré la mauvaise humeur de quelques fâcheux contre notre pauvre époque, il restera bien encore dans Paris un peu d'esprit et de gaîté pour les égayer, un peu de bonne volonté de la part des jolies femmes, qui en seront les reines, pour y attirer la jeunesse de notre temps, et un peu de désir de plaire de la part de cette belle jeunesse pour faire voir aux gens de mauvaise humeur qu'il n'y a pas lieu de désespérer d'elle! Ce n'est donc pas une nécrologie que j'écris : ce sont des souvenirs d'enfance, des causeries intimes avec de vieux amis, et quelques observations personnelles. Dans le cours de cet ouvrage il se présentera sous ma plume des anecdotes dont le récit pourrait ne pas être agréable aux acteurs qui y figurent : mon livre n'est pas un livre de scandale. On peut amuser les honnêtes gens sans faire de peine à personne. Presque partout je n'emploierai que des initiales ; et,

comme quelquefois on pourrait reconnaître
ceux qu'elles désignent, il m'arrivera souvent
d'en mettre d'imaginaires. Je crois que cela
vaut mieux que d'employer des noms de con-
vention qui peuvent offrir, tout à fait invo-
lontairement, de fâcheuses consonnances, et
qui donnent à des anecdotes véritables l'air
d'un Roman d'imagination. Ainsi règle inva-
riable : ou l'anecdote sera racontée sans
qu'aucun nom soit prononcé, ou quand le
récit ne se prêtera pas à cette sobriété, les
noms seront représentés par des initiales imaginaires : si j'avais vécu du temps de madame
Dubarry et que j'eusse fait le livre que je
publie aujourd'hui, je n'aurais pas hésité à
raconter une histoire qui lui serait arrivée :
seulement je l'aurais désignée ainsi : Madame
la comtesse M... ou K...

Que si, malgré cette précaution, il se rencontre quelques histoires dont on reconnaisse

les masques sous les fausses initiales dont je désignerai les acteurs, il faudra que ce soient de ces histoires que tout le monde sait, quoiqu'elles n'aient jamais été écrites, et dans ce cas, on n'aura d'autre reproche à me faire que d'avoir donné à mes lecteurs une anecdote déjà connue.

Il est peut-être assez inutile de dire ici comment j'ai été amené à écrire ce livre : cependant comme il me semble qu'en le faisant je rends un hommage bien légitimement dû à une personne qui est pour quelque chose dans cette publication, je me risque.

C'était au carnaval de 1843. J'étais au bal de l'Opéra : fatigué de l'éternelle promenade du foyer, je m'étais retiré dans une loge avec deux ou trois de mes amis, et nous causions de toutes sortes de choses. La conversation tomba sur les boudoirs. Un de ces messieurs dit qu'il n'y en avait plus : je pris le parti des boudoirs ressuscités. Un de nous s'avisa de nous jeter cette question :

— Qu'est-ce qu'un boudoir ?

Je suis assez bavard de ma nature ; ces Messieurs étaient indulgens. Je ramassai le gant, et pour leur édification, je leur débitai à peu près tout ce que l'on vient de lire dans cette introduction. Nous nous séparâmes là-dessus, chacun de nous allant où l'appelaient ses projets de fin de nuit. Au moment de me quitter, le marquis de B..., un de mes bons amis, me dit :

— Vous devriez écrire l'histoire des boudoirs de Paris.

— Bah ! fis-je. j'y ai déjà pensé : j'ai à peu près rassemblé tout ce qu'il me faut pour cela. Mais qui cela intéresserait-il ?

Après cet aveu modeste, je demeurai un instant à m'orienter, cherchant dans ma tête à quelle heure je devais me rapprocher de l'inévitable pendule du foyer.

J'allais me diriger vers un groupe de gens de connaissance, lorsque la loge voisine de celle que je quittais s'ouvrit, et il en sortit un homme d'une quarantaine d'années, décoré de plusieurs ordres étrangers, et appartenant visiblement à la très bonne compagnie.

— J'ai l'honneur de parler à M. le duc d'Abrantès, me dit-il en m'abordant ?

Je m'inclinai en signe d'affirmation.

— Monsieur le duc, me dit-il, madame la comtesse de W... désirerait vous parler, si vous le voulez bien.

— Je me rendis à cette invitation et entrai dans sa loge avec lui. Dès qu'il m'eût présenté à une femme en domino qui s'y trouvait, elle me salua gracieusement, et me fit voir, en ôtant son masque, un délicieux visage. La comtesse a une trentaine d'années; mais on lui en donnerait vingt-cinq à peine.

— Monsieur le duc, me dit-elle avec ce doux accent des femmes du Nord, serait-ce être bien indiscrète que de vous faire une prière?

— Si ce n'était pas si vieux, madame la comtesse, lui dis-je, je vous dirais : si c'est possible c'est fait, si c'est impossible cela se fera.

— Oh! oui, dit-elle, le mot de M. de Calonne.

— Avec votre permission, madame la comtesse, lui dis-je, le mot est de Bourette, fermier-général, qui était impotent, et qui fit ainsi transmettre par un page qui n'y comprit rien, sa réponse à la reine Marie-Antoinette qui lui demandait un million pour le soir même.

— Je vous remercie, me dit avec un charmant sourire la comtesse de W..... Au reste, votre rectification est le commencement de l'exécution de ce que je veux vous demander.

Je m'inclinai en silence. Madame de W... reprit :

— Voulez-vous écrire l'histoire des boudoirs de Paris?

— Est-ce un ordre, madame la comtesse?

— C'est une prière.

— C'est la même chose pour moi : seulement je crains.....

— Allons, me dit-elle, pas de fausse modestie, je ne crois pas à celle des gens de lettres, et je sais que vous écrivez.

J'étais trop flatté de la confiance que me témoignait une aussi jolie femme pour me défendre longtemps d'une chose qui, du reste, était toujours entrée dans mes projets. Je promis d'obéir.

— A votre aise, me dit la comtesse. Je vous donne un an.

Nous parlâmes d'autre chose et j'oubliai l'heure à laquelle je devais aller sous la pendule.

Le lendemain je me présentai chez la comtesse de W.....

Elle était partie le matin avec son mari pour la Russie, et je trouvai ce billet chez moi en rentrant :

« Monsieur le duc,

» Je ne vous rends pas votre parole. Dans
» un an je viendrai chercher mon livre. Je
» lui destine une place dans *mon* boudoir.
» Agréez, etc.

» A. COMTESSE DE W..... »

— XXIX —

J'ai obéi. Le livre est fait. Si le boudoir de la comtesse est à Paris et non à Pétersbourg il faudra bien que j'y entre, ne fût-ce que pour voir si mon pauvre livre aura été mis en lieu honorable, ou relégué avec ce qu'on ne lit plus.

CHAPITRE PREMIER.

En écrivant l'histoire des boudoirs de
Paris, et en remontant à leur origine, il
est presque impossible de ne pas avoir
quelque chose à démêler avec celui qui
fut le héros des boudoirs de son temps;
on a déjà compris qu'il s'agit du maréchal de Richelieu. En général, lorsque ce

nom, célèbre dans les fastes de la galanterie du xviiie siecle, arrive sous la plume
d'un auteur qui traite un sujet analogue
à celui qui m'occupe, il est convenu que
rien ne résiste à ce fameux vainqueur;
venir, voir et vaincre, sont d'ordinaire
l'histoire des aventures du maréchal. Ce
qu'il y a de plus grand comme ce qu'il
y a de moins élevé a été sacrifié sur
l'autel de cette brillante renommée. On
ne sera peut-être pas fâché de rencontrer
ici une anecdote dont le duc de Richelieu
ne se tira pas avec les honneurs de la
guerre. Elle ne fut connue que de
quelques personnes qui furent probablement assez discrètes pour ne pas
l'ébruiter, car on ne la trouve dans aucun des mémoires du temps. Les amis du
maréchal, qui savaient quelle importance il attachait à ces sortes d'affaires,

firent sans doute tous leurs efforts pour l'étouffer, et ses ennemis n'osèrent pas la répandre, ou n'en eurent pas connais-sance. La voici telle que je la tiens d'une femme qui est de la famille de l'héroïne.

Le duc de Richelieu était lié avec la marquise de M..... depuis assez long-temps. La marquise était d'une grande beauté; les charmes de son esprit ne le cédaient en rien à ceux de sa personne. Malgré ses avantages, cependant, elle s'aperçut enfin que le duc commençait à se lasser d'une liaison trop prolongée pour ses habitudes d'inconstance. Un peu d'attention lui apprit le nom de celle qui l'avait supplantée, et elle en fut d'autant plus affligée que sa rivale avait une réputation de sagesse qu'elle savait bien être un grand stimulant pour le maréchal. Elle fit épier M. de Riche-

lieu et madame de R....., et eut au
moins la satisfaction d'acquérir la cer-
titude que le maréchal, qui péchait vis
à vis d'elle par omission, n'avait encore
péché que par pensée ou par parole vis
à vis de madame de R....., et point encore par action. Par affection peut-être,
peut-être aussi par amour-propre, la marquise tenait à se conserver M. de Richelieu, avec qui sa liaison était chose a-
vouée et qui était sans contredit l'amant
le plus avouable du monde. Madame de
R.... n'etait pas indifférente aux soins
que lui rendait le maréchal. Cependant
elle tenait bon, et le grand vainqueur
perdait son temps et ses soupirs. Madame
de R..... avec assez de naïveté lui avait
avoué qu'elle ne le voyait pas d'un
mauvais œil, mais c'était tout; vainement le duc l'avait suppliée de lui ré-

péter un aveu si précieux autre part que chez elle, toute demande de rendez-vous avait été repoussée avec indignation, et elle avait jeté les hauts cris lorsque Richelieu lui avait parlé de sa petite maison. Enfin voici ce qu'il parvint à obtenir à force de supplications.

Madame de R..... promit de se rendre dans une maison de campagne appartenant à un homme de finance, tout à la dévotion du maréchal, aux conditions suivantes :

Elle irait, acompagnée de deux femmes de ses amies, en qui elle avait pleine confiance.

Le duc de Richelieu ne se trouverait pas dans la maison lors de l'arrivée de ces dames, mais il y arriverait deux ou trois heures après elles, comme par hasard.

Les ordres les plus rigoureux seraient

donnés pour que personne ne pénétrât de la journée dans la maison ou dans le parc, et, pour que ces dames ne fussent même pas compromises aux yeux du concierge, celui-ci serait prévenu que quelques personnes exceptées de la consigne, se présenteraient peut-être, et qu'il eût à les laisser entrer sur un *laissez-passer* daté et signé du propriétaire de la maison.

A ces conditions, madame de R..... consentait à voir M. de Richelieu autre part que chez elle, pour lui faire voir, avait-elle dit, qu'elle n'y mettait pas de mauvaise volonté et pour qu'il n'ait pas toujours à se plaindre.

Il n'y avait pas cependant de quoi se réjouir démesurément. Toutefois, le maréchal, sachant que le premier pas est le plus difficile à faire faire à une femme qui a peur d'un danger, et qui ne cherche pas à se le dissimuler, s'empressa de souscrire aux conditions que lui imposait la réserve de madame de R..... il comptait d'ailleurs sur son étoile (les poètes de ce temps-là lui auraient dit que ce devait être Vénus), et sur son entreprenante habileté, pour tirer le meilleur parti possible de la demi-bonne fortune qui lui était offerte. Le traitant, qui, comme je l'ai dit, était tout à monsieur de Richelieu, donna ses ordres conformément aux instructions du maréchal, remit à celui-ci le laissez-passer pour trois dames, et le laissa maître du terrain sans même lui demander la plus légère confidence.

Le matin du jour tant souhaité arriva. Le duc se leva radieux : il ne touchait pas terre. Malgré les obstacles que le traité semblait devoir apporter à l'accomplissement de ses désirs, il espérait bien profiter de quelques circonstances plus ou moins dues au hasard. Les heures lui paraissaient doubles. L'heure sonna enfin, et le maréchal partit léger et dispos, comme s'il eût été sûr de son affaire.

Mais il avait compté sans son hôte. La marquise de M....., dont les espions ne quittaient plus les abords de l'hôtel de Richelieu, non plus que de celui de la chancelante rivale, avait eu vent des allées et venues du duc à la campagne du financier. Il ne lui en avait pas fallu davantage pour supposer une grande partie de la vérité. On avait redoublé de vigilance : elle avait appris, par l'indiscrétion d'un cocher, que c'était le jeudi suivant que le duc devait aller à la campagne. Dès huit heures du matin,

elle était en observation, non à la porte
dn maréchal, mais à dix pas de celle de
madame de R..... Bientôt elle voit le
coureur de cette dernière sortir de l'hôtel avec une lettre à la main. La jalousie
lui sert de révélation : elle ordonne à
son cocher de suivre le valet et, au détour d'une rue, elle tire le cordon, appelle le coureur, qui la reconnaît et n'ose
désobéir.

— Tu vas chez monsieur de Richelieu, lui dit-elle avec agitation?

— Oui, madame la marquise, dit le
coureur.

— Cent louis, si tu veux me donner
cette lettre.

— Mais, madame la marquise, j'ai
ordre.....

— Tu diras que tu l'as remise au
concierge.

— On me chassera, madame la marquise !

— Je te prendrai à mon service avec doubles gages. Donne.

Elle jeta sa bourse au pauvre homme, qui se laissa faire et donna la lettre à la marquise.

Elle rompit le cachet et lut ce qui suit :

« Monsieur le Maréchal,

» Les deux dames qui devaient m'ac-
» compagner sont empêchées aujour-
» d'hui ; il faut remettre notre partie à
» demain. Je vous renvoie le laissez-
» passer pour que vous le fassiez refaire
» avec une autre date par mon-
» sieur P.•... et que vous le préveniez

» en même temps de renouveler ses or-
» dres pour demain.

» Agréez, monsieur le Maréchal,

» CHARLOTTE DE R..... »

La marquise, qui n'était pas tout à
fait aussi timorée que madame de R.....,
s'imagina, en voyant qu'il était question
de deux autres femmes, que le duc allait
chez P..... faire une partie à six et qu'il
menait deux roués de sa trempe pour
occuper les deux amies pendant qu'il
pousserait sa pointe auprès de la crain-
tive Charlotte. Elle se félicita d'avoir
saisi le billet qui la mettait si bien au
fait, et elle ne put se défendre d'un
mouvement de gaîté en songeant que le
duc irait se casser le nez à quatre lieues

de Paris, ignorant qu'il allait être du changement de batteries.

Bientôt elle conçut un projet qui devait avoir de bien autres conséquences. Elle résolut de profiter du laissez-passer et d'aller à la maison de campagne avec deux de ses amies, la passe étant pour trois dames, aux lieu et place de celles pour qui tout était préparé.

Ce projet fut aussitôt mis à exécution. Elle alla conter son aventure à deux femmes à qui elle savait que la présence présumée de deux amis de M. de Richelieu ne ferait pas peur, et vers midi toutes trois arrivèrent à la campagne du financier.

A la vue du laissez-passer, le concierge leur ouvrit respectueusement la grille, leur déclara qu'elles étaient chez elles, et que nul importun n'entrerait de la journée.

Madame de M..... et ses amies remarquèrent que, pour une prude, madame de R..... savait assez bien organiser une partie fine, et elles se promenèrent dans le parc après avoir fait honneur à une collation délicate qui leur fut offerte à leur descente de voiture.

Selon les conventions acceptées, monsieur de Richelieu arriva à deux heures. Son premier soin fut de s'informer auprès du concierge s'il s'était présenté quelqu'un. En apprenant que trois dames se promenaient dans le parc depuis midi, il n'en écouta pas davantage et s'élança à la recherche de la belle peureuse avec l'air d'un conquérant, comme s'il eût marché contre Mahon.

Des éclats de rire qu'il entendit dans

un massif le guidèrent vers les trois amies, et, au détour d'une allée, à sa grande stupéfaction, il se trouva face à face avec la marquise de M.....

— Ah! monsieur le duc, qu'elle bonne fortune, s'écria celle-ci qui s'était préparée à la rencontre; nous commencions à nous ennuyer, voilà deux heures que nous nous promenons ici sans trouver ame à qui parler.

— Est-ce que vous êtes seul? monsieur de Richelieu, dit une des deux amies, avec un naïf abandon qui témoignait qu'elle avait compté sans trop de terreur sur la société du maréchal.

— Parfaitement seul, dit le duc, qui cherchait à se remettre et à s'expliquer ce que voulait dire la présence de ces trois femmes; mais qui me procure l'honneur.....?

C'est une galanterie de P....., dit
air naturel madame de M..... Nous
ns sans doute une fête délicieuse;
nous sommes venues un peu de bonne
heure; mais puisque vous voilà, nous ne
trouverons plus le temps long.

Le maréchal vit bien qu'il y avait là-
dessous quelque mystère dont il était
inutile qu'il cherchât l'explication pour
le moment; il prit donc bravement son
parti, fit contre fortune bon cœur et
fut aimable comme il savait l'être.

Madame de M..... s'acquitta de son
rôle à merveille; elle témoigna une surprise merveilleusement jouée de ne voir
personne venir se joindre à eux, et elle
fit, sur la galanterie du financier, les
plus charmantes plaisanteries.

On servit un souper délicieux; il se
prolongea fort avant dans la nuit, et il

était presque jour lorsque les quatr
teurs de cette petite comédie rentrèrent
chez eux.

Le lendemain, elle eut soin de dépê-
cher au maréchal deux de ses amis, qui
le retinrent chez lui toute la matinée. Il
ne fut libre que dans l'après-midi.

Son premier soin fut de se rendre chez
madame de R..... pour avoir l'explication de ce qui s'était passé et lui demander comment il se faisait, qu'à sa place,
il eût trouvé madame de M..... Il se
croyait joué par madame de R..... et il
voulait en avoir le cœur net.

Il trouva chez elle visage de bois,
comme on le pense bien, puisqu'elle
avait été avec ses deux amies à la campagne de monsieur P..... Quoiqu'elle
n'eût pas reçu le nouveau laissez-passer,
elle présuma que les ordres seraient

donnés de manière à ne pas la mettre
dans l'embarras, et il est certain qu'elle
n'eût pas, malgré sa vertu, renoncé facilement à cette journée.

Elle fut désappointée au suprême degré en ne trouvant rien de disposé pour
la recevoir. P... n'était pas revenu à la
campagne ; tous les domestiques étaient
retournés à Paris; le concierge lui-même
était absent. Madame de R..... resta donc
en vain un quart-d'heure à la grille. Enfin, voyant que son laquais perdait son
temps à sonner, elle ordonna à son cocher de tourner bride, revint furieuse à
Paris, demanda le secret à ses amies, s'enferma dans son boudoir pour bouder
véritablement ; et défendit sa porte,
même pour M. de Richelieu.

Madame de R..... était indignée contre
le Maréchal. Elle crut qu'il s'était piqué

du changement apporté au jour du rendez-vous. Cette susceptibilité de la part
d'un homme qui n'avait encore aucun
droit sur elle la révolta; elle n'avait pas
les passions très vives; peut-être même
la sagesse qu'elle avait montrée jusqu'a-
lors était-elle due plutôt à la frayeur
que lui inspirait la dépendance où eût
pu la mettre une liaison qu'à l'amour de
la vertu pour la vertu elle-même. Elle
se félicita d'être retenue à temps; son
parti fut pris, un peu *ab iratá*, mais
d'une manière irrévocable; et lorsque, le
jour suivant, le Maréchal se présenta
chez elle, il lui fut répondu par le suisse
que Madame ne recevait pas. Richelieu
s'assura de la réalité du fait; et quand il
sut que d'autres visites avaient été admises, il comprit que la porte n'avait été
défendue que pour lui, et se le tenant

pour dit, il renonça à la conquête d'une femme dont il croyait avoir été le jouet.

Ce ne fut que quelque temps après qu'il sut la vérité. Il quitta alors tout à fait madame de M.....; mais celle-ci avait atteint son but, qui était d'empêcher madame de R....de devenir la maîtresse du maréchal.

Cette madame de R...., tant il est vrai que les bonnes résolutions tombent quelquefois devant les circonstances qu'on eût pu le moins prévoir, cette madame de R...., qui avait su se tirer avec honneur de la poursuite de l'élégant et victorieux maréchal de Richelieu, devint la maîtresse d'un abbé dissolu qui dût la faire cruellement repentir de sa faiblesse et qui la mit dans une dépendance bien autrement difficile à supporter que celle qui lui avait fait tant de peur quelques an

1.   4

nés auparavant. C'était l'abbé Pellegrin;
il affichait sa liaison avec madame de
R...avec un tel cynisme, qu'étant un jour
dans les coulisses de l'Opéra il répondit
à une danseuse qui l'invitait à souper :

— Je ne saurais, mon cœur, j'ai promis
à madame de R..... d'être à elle jusqu'à
demain matin.

La manière dont cette pauvre femme,
qui portait un des noms les plus estimés
dans la robe, tomba au pouvoir de ce
Pellegrin, mérite d'être racontée. Madame de R..... avait une manie qui commençait à être assez commune à cette
époque; c'était la manie d'écrire. On
comprend qu'une femme de beaucoup
d'esprit, qui se sent tout ce qu'il faut
pour être auteur, se livre à la littérature :
une femme qui écrit de jolies choses vaut
mieux qu'un homme qui en écrit de mau-

vaises. Mais chez madame de R....,
comme chez beaucoup d'autres femmes,
le désir de briller était plus grand que le
pouvoir de réussir. Elle ne tournait pas
mal un billet du matin; mais d'un billet
du matin à une œuvre littéraire, tant fu-
tile qu'elle soit, il y a encore passablement loin, et madame de R..... était tout
à fait incapable de satisfaire par elle-
même son goût pour la réputation d'é-
crivain. Elle fit donc ce que font les
gens qui ont la prétention d'écrire et qui
ne savent pas écrire : elle fit écrire par
d'autres et se contenta de mettre son nom
au bas de ces productions apocryphes.
Elle s'adressa à des écrivains de bas lieu
qui lui firent de la littérature à un écu
la page, et qui lui gardaient fidèlement
le secret pour son argent. Un jour qu'elle
était seule , elle fut assez étonnée

d'entendre annoncer l'abbé Pellegrin,
qu'elle ne connaissait que fort peu, et
qui ne venait pas chez elle. Elle le fit
entrer, et l'abbé tirant de sa poche un
calepin assez crasseux, entame sans dé-
tours la conversation suivante :

— Madame, j'ai trouvé dans les Tuileries ce calepin, il appartient à un poètil-
lon de ma connaissance qui se nomme...
(Il lui dit un nom parfaitement inconnu
dans la littérature, mais à ce qu'il paraît
très connu de madame de R..... car elle
tressaillit.)

— C'est là dedans, continua Pellegrin,
qu'il écrit ses brouillons; à la suite de
quelques mauvais vers ébauchés, voici
ce que je trouve :

« Vers sur l'amitié, à livrer à madame
» de R..... avant dimanche prochain. »
— Livré. —

« Fable pour madame de R..... » —
Livrée. —

« Epître à Zémire, pour madame de
» R..... — Cinquante à soixante vers à
» un écu pièce. » — A soigner. —

— Puis, ajouta Pellegrin, suit la pièce
de l'écriture de mon ami le poëtillon, et
qui a paru avant-hier dans l'Almanach
des Muses signée : Charlotte de R.....

Mme de R... ne répondait pas ; elle é-
tait confondue de l'audace de cet homme.

Pellegrin poursuivit :

— J'ai toujours professé pour vous un
grand respect, madame, et je suis affligé
de vous voir vous adresser à de pareils
goujats, quand plus d'un galant homme
serait heureux de vous rendre ce léger
service.

Madame de R... fut tentée de sonner et

de faire jeter Pellegrin par les fenêtres, elle se ravisa cependant :

— Si je comprends bien, monsieur l'abbé, dit-elle en réprimant un geste de dégoût, vous venez m'offrir de remplacer votre ami le poëtillon.

— Précisément.

— Et si je n'accepte pas, que ferez-vous ?

— Je n'en sais rien ; mais je garderai ce calepin, et il pourra m'être bon à quelque chose.

— Voulez-vous me donner ce calepin?

— Je ne suis venu que pour cela.

— Il y a cinquante louis dans cette cassette, dit madame de R..., si vous voulez prendre la peine de les échanger contre le calepin, vous le pouvez.

Pellegrin se leva, effectua l'échange, et salua humblement.

— J'attends les ordres de Madame, dit-il avec une assurance mêlée de bassesse et d'arrogance.

— Je n'en ai pas à vous donner, dit sèchement madame de R...

Pellegrin salua plus bas, et se retira.

Huit jours après, madame de R... reçut le billet suivant :

« Madame,

» Le rédacteur de *l'Almanach des Muses*
» ayant trouvé sur ma table les vers que
» j'ai l'honneur de vous adresser ci-joints,
» et m'ayant demandé, après les avoir
» loués, s'ils étaient de moi, le désir que
» j'ai de mériter vos bontés, m'a inspiré
» la téméraire pensée de répondre que
» vous m'aviez ordonné de les copier sur

» votre manuscrit, afin de les lui porter

» pour son recueil. Il les a pris avec re-

› connaissance, et dans le premier nu-

» méro les vers seront insérés. Veuillez

» me pardonner ma hardiesse, que m'a

» seule inspirée la passion que j'ai de me

» dire

» Votre très humble et très dévoué
» serviteur.

PELLEGRIN.

Madame de R... fût d'abord indignée de tant d'audace; elle voulut écrire au rédacteur de l'*Almanach des Muses;* mais elle craignit un éclat, et elle savait bien que Pellegrin pouvait la perdre. Les vers, d'ailleurs, étaient fort jolis, et tellement supérieurs à tout ce qu'elle avait fait faire jusqu'alors aux petits grimauds qu'elle avait employés, qu'elle ne pût se défendre d'une secrète joie en songeant à l'honneur qui lui reviendrait d'une semblable production; elle sanctionna donc par son silence le mensonge de l'abbé qui, par cet accord tacite, devint dès-lors son complice; ce qui la surprit, c'est que l'abbé qui, à dater de ce jour, vint assidûment chez elle, refusa obstinément de recevoir un écu pour ses services littéraires, lui qui n'avait pas eu honte de commencer sa connaissance avec elle en lui escroquant cinquante louis.

Pellegrin avait un autre but; il était amoureux de madame de R... et il voulait qu'elle lui donnât sa personne, en échange de l'esprit qu'il lui prêtait. Pellegrin était un des hommes les plus spi-

rituels de son époque; il fit si bien qu'il
s'imposa, aux conditions qu'il lui plût de
dicter, à cette pauvre madame de R...,
qui donna à cet homme sans pudeur,
pour quelques triomphes d'amour-propre
mal placé, ce qu'elle avait refusé au duc
de Richelieu, dont le mérite personnel
l'eût au moins excusée à ses propres yeux.

Madame de R... avait deux sœurs qui
avaient commencé par où elle avait fini.
L'une d'elles, la comtesse d'H....., avait
même quelque peu anticipé sur le temps
où il est convenu d'entrer en galanterie.
Je vais essayer de raconter ce qui lui arriva au couvent où elle fut élevée. Comme Sterne dans l'histoire de l'Abbesse des
Andouillets, je me trouve assez embarrassé et ne sais pas trop comment m'y
prendre. La difficulté est de rester clair
sans cesser d'être honnête. Je suis sûr

d'être dans cette dernière condition : si la clarté manque, ce sera la faute de madame d'H... et non la mienne.

Les demoiselles de R...y étaient trois ; l'aînée, qui s'appelait Louise, et qui fut depuis mariée à F...., fermier général ; la seconde, qui se nommait Charlotte et fut depuis madame de R...., dont nous avons parlé ; et la troisième, appelée Henriette, et qui fut comtesse d'H..... — Elles étaient toutes trois belles comme des anges ; l'aînée et la cadette se ressemblaient et avaient des yeux noirs, des cheveux noirs, un nez retroussé, des allures d'Andalouses ; différentes en cela de madame de R.... qui était blonde, langoureuse, avec des yeux bleus, un nez légèrement aquilin, et une démarche de Vestale. Henriette, la plus jeune, avait deviné ou bien avait appris, le diable

sait où, tout ce qu'une jeune fille doit
ignorer. La règle du couvent où étaient
pensionnaires les demoiselles de R.....y,
était sévère, mais dans l'intérieur de la
maison, les jeunes personnes jouissaient
d'une assez grande liberté.

La plus jeune de ces demoiselles s'était
liée d'amitié avec une de ses compagnes,
que nous ne désignerons que sous le nom
de Clotilde, et dont les dispositions paraissaient assez en harmonie avec celles
de la vive Henriette. Il y avait, du reste,
d'autres raisons que la sympathie à cette
liaison; la terre des parens de Clotilde
était voisine de celle de M. de R....y, et
pendant les vacances, les jeunes filles
passaient presque tout leur temps ensemble. Henriette, quand après les vacances
on rentrait au couvent, s'emparait exclusivement de Clotilde, et leurs longues

conversations étaient remplies par les souvenirs des vacances. Ces souvenirs n'étaient peut-être pas d'une candeur parfaitement virginale. On y mêlait parfois le nom du jeune comte de B... et de son cousin le marquis de S... Ces jeunes gens avaient, en effet, occupé leurs loisirs à conter fleurette aux deux amies : et il est probable que les entretiens du couvent roulaient plutôt sur leur compte que sur l'*Histoire de France* ou *le Chemin de la Croix*. Toujours est-il que Henriette et Clotilde étaient inséparables.

Les pensionnaires dont les parens étaient riches étaient logées dans des chambres particulières; les demoiselles de R...y étaient dans ce cas. Une nuit, on entendit des cris épouvantables dans la chambre de Clotilde; les sœurs converses s'empressèrent d'accourir; on entra dans la chambre de la pauvre jeune fille et on la trouva aux prises avec Henriette, qui était dans un état de délire tel qu'elle avait perdu la conscience de ce qui se passait autour d'elle.

Les sœurs converses dégagèrent Clotilde et conduisirent la furieuse Henriette avec sa victime devant la supérieure.

On procéda à l'interrogation de mademoiselle de R.... y qui, rendue au calme par le trajet et le froid de la nuit, était dans un état de confusion dont on se fera facilement une idée. Le résultat de l'enquête fut, que Henriette était venue chez Clotilde, comme cela arrivait fréquemment, à ce que l'on apprit; mais jusqu'alors les deux jeunes filles s'étaient bornées à causer de leurs amours interrompus par la rentrée au couvent. Ce jour-là, à ce qu'il paraît, Henriette, dont l'imagination s'était échauffée en pensant au comte de B...., avait tenu à Clotilde les plus étranges discours; celle-ci, moins avancée que sa compagne, l'avait conjurée de la laisser en repos, et sur le refus de mademoiselle de R....y, s'était mise en devoir de se soustraire par la fuite à ses singulières prières. Alors Henriette n'avait plus connu de ménagemens : ses passions allumées au plus haut degré lui avaient fait perdre l'usage de la raison, une lutte terrible s'était engagée entre elle et Clotilde, et quand les sœurs converses arrivèrent, on peut dire littéralement, quelqu'étrange que paraisse un pareil délire, que mademoiselle Henriette traitait Clotilde comme les Pandours ont l'habitude de traiter les filles dans une ville prise d'assaut.

Le scandale était trop grand pour que

l'on passât la chose sous silence. M. de R....y fut prié le lendemain matin d'avoir à retirer ses filles du couvent. Il les vint chercher le jour même, obtint sans peine que l'affaire ne fût pas ébruitée, et, effrayé de ce que pouvait faire une fille capable d'un pareil acte d'effervescence, il s'empressa de marier Henriette, qui fut ainsi pourvue la première, bien que la plus jeune de la famille.

On pense bien qu'une vie si bien commencée ne s'en tint pas là. Il paraît qu'entre la sortie du couvent et la célébration de son mariage, qui ne fut pas cependant très éloignée, mademoiselle Henriette de R:..y trouva moyen de se dédommager de la perte de sa chère Clotilde d'une manière plus conforme aux usages reçus; car, le lendemain de ses noces, le comte d'H.... appelait en duel le comte de B...., et un mot répété indiscrètement par l'un des témoins apprit le motif de ce duel.

— Vous auriez dû attendre que je fusse marié, avait dit le comte d'H..... à M. de B.....

On a su depuis que la comtesse d'H.... avait eu l'imprudence de raconter à son mari, dès qu'elle avait été seule avec lui, tout ce qui s'était passé entre elle et le comte de B......

II.

La rue des Fossés-Saint-Germain-L'Auxerrois n'a pas toujours porté ce nom; elle s'appelait auparavant rue Béthisy, et la portion qui se trouvait en deçà de la rue de la Monnaie conserve aujourd'hui ce nom. Avant de s'appeler rue Béthisy, elle avait porté le nom de la rue au Comte-Ponthieu. Au coin de cette rue et de la rue de la Monnaie on peut voir une antique maison qui s'appelait, il y a peu de temps encore, Hôtel Ponthieu, et à laquelle se rattache un illustre et sanglant souvenir. C'est là que dans la nuit à jamais célèbre du 24 août 1572, fut assassiné par les catholiques le fameux Coligni. Vers le commencement du dix-huitième siècle, une célébrité d'un tout autre genre, mais dont la renommée n'a pas été moindre dans son espèce, naissait aux lieux mêmes où avait été massacré le grand chef Huguenot. En 17.., vint au monde, à l'hôtel Ponthieu, dans la chambre où est mort l'amiral, une jeune fille destinée à jouer un rôle des plus brillans dans les fastes de la

galanterie de son époque, et sur les re-
gistres de l'église paroissiale de Saint-
Germain-l'Auxerrois fut inscrit le baptême de Sophie Arnould.

Peu de personnes savent que les parens
de Sophie Arnould avaient destiné cette
célèbre actrice à être religieuse. Le fait est
que Sophie Arnould l'avait échappé belle,
et si elle a, depuis, été une des plus ferven-
tes sectatrices de l'amour, il faut avouer
qu'elle lui devait bien son culte, puisque
c'est lui qui l'a sauvée du cloître et de
la guimpe.

Il y avait dans la même maison un jeune
homme dont l'air et les manières annon-
çaient une grande distinction, bien que
le nom qu'il se donnait fût des plus obs-
curs. Il ne manquait jamais une occasion
de rencontrer la belle Sophie : à la promenade, à l'église, partout, elle le trou-

vait sur son passage. Les attentions du
jeune homme n'avaient pas échappé à Sophie; elle ne les voyait point avec déplaisir : peut-être sans l'épouvantail qu'on
lui mettait sans cesse devant les yeux,
Sophie, élevée par des parens vertueux,
se fût-elle bornée à être flattée en secret
des assiduités du beau jeune homme;
mais elle avait si peur d'être Carmélite
ou Visitandine, qu'elle se sentit une
grande disposition à entamer une petite
intrigue avec l'intéressant locataire;
peut-être aussi avait-elle une vocation
réelle pour la galanterie. Quoi qu'il en
soit elle répondit par des œillades qui
n'avaient rien de courroucé aux brûlans
regards de l'inconnu; ils échangèrent
bientôt un sourire significatif; un jour, en
se rencontrant sur l'escalier, leurs mains
se cherchèrent et se pressèrent à la dé-

robée. Enfin on trouva le moyen de se
voir, le beau jeune homme dit à Sophie :
je vous aime! et Sophie lui répondit, et
moi aussi.

Un jour ou un soir, je ne sais, Sophie
arriva au rendez-vous toute en pleurs.

— Qu'avez-vous, mademoiselle, lui dit
M. Louis, — elle ne le connaissait que
sous ce nom, — qui vous a affligée?

— Hélas, dit Sophie, tout est perdu; j'entre au couvent dans huit jours.

— Au couvent, s'écria M. Louis! vous,
au couvent, jamais!

— Dans huit jours, répéta Sophie qui
ajoutait plus de foi à la parole de ses parens, dont elle connaissait la sévérité,
qu'à celle de son jeune amant, quelque
envie qu'elle en eût.

— Je vous dis que je ne le veux pas ,
dit M. Louis exaspéré.

— Mais mes parens le veulent, dit Sophie.

— Je ne le veux pas, moi, vous dis-je!
et croyez-moi.

« Cet oracle est plus sûr que celui de Calchas! »

Je ne suis pas Achille, mais je vous
aime autant qu'il aimait son Iphigénie;
comptez sur moi.

Sophie rentra dans sa petite chambre
un peu moins triste : la confiance de son
Achille lui avait redonné du courage.
Elle attendit sans trop de terreur le moment où elle devait le revoir. Ce moment
arriva enfin.

Le beau jeune homme fut exact au
rendez-vous, ce qui n'a rien de bien

étonnant, attendu qu'il n'en était encore qu'aux espérances.

— Sophie, lui dit-il, j'ai pris toutes mes mesures; il est temps, puisque je veux vous soustraire à la tyrannie qui vous menace, que vous appreniez qui je suis. Quand je suis venu habiter cette maison je vous aimais déjà de toute mon ame; c'est pour pouvoir vivre dans les mêmes lieux que vous, pour vous voir à chaque instant, vous parler, me faire aimer de vous que j'ai pris un logement à l'hôtel Ponthieu. Je bénis le ciel de m'avoir inspiré cette pensée puisque, si vous m'aimez comme vous le dites, et que vous soyez déterminée à ne pas être religieuse, mon séjour ici m'aura mis à même de vous arracher à cette triste destinée. Vous avez une voix superbe; voulez-vous entrer à l'Opéra ?

La jeune fille parut passablement surprise à cette proposition inattendue :

— Voulez-vous entrer à l'Opéra? dit le
jeune homme, cela dépend de votre volonté.

— Mais, dit Sophie, ne sachant pas si
elle devait une entière croyance au ton
d'assurance de son amant, c'est, je crois,
chose assez difficile.

— Ecoutez-moi, mademoiselle; je suis
le comte de Brancas-Lauraguais; ma famille est toute puissante : vous dites que
vous m'aimez; — donnez-m'en la preuve
en me confiant votre bonheur : tout est
disposé pour votre fuite. Des habits
d'homme sont prêts dans mon appartement. Vous allez les revêtir. Je vous en-
lève; je me charge du reste.

Sophie comprit, car dans les grandes
crises on comprend toujours, ce qu'il

voulait dire en disant qu'il se chargeait du reste. L'alternative était quelque peu embarrassante : l'Opéra ou le couvent. Mais d'un côté, c'était un jeune homme qu'elle aimait, d'un grand nom, d'une grande fortune, qui lui offrait l'indépendance et la gloire peut-être; de l'autre, c'était le couvent qui ne lui présentait qu'un avenir de malheur certain, elle hésita un peu pour la forme ; Lauraguais, car c'était bien le vrai nom de M. Louis, fut pressant, éloquent même ; il l'emporta. Mademoiselle Sophie monta dans l'appartement du comte; se déguisa en homme avec les vêtemens préparés à cet effet, et moins d'une demi-heure après la conférence décisive, le comte de Lauraguais quittait l'hôtel Ponthieu pour n'y plus rentrer, en compagnie du plus joli polisson qu'on ait jamais vu.

Tout est donc pour le mieux dans le meilleur des mondes possibles; si Sophie Arnould n'avait point été destinée à aller chanter Matines aux Carmélites, elle n'aurait peut-être jamais chanté à l'Opéra, car sans l'histoire du couvent, Lauraguais ne l'aurait pas enlevée; son intrigue avec la jeune fille eût peut-être avorté, ou si elle eût réussi, elle eût ressemblé à toutes les intrigues du monde, elle aurait eù son commencement, son milieu et sa fin, et puis tout eût été dit. Grand merci donc aux Carmélites!

Monsieur de Lauraguais, qui est resté jusqu'à la fin l'amant de Sophie Arnould, se permettait bien de temps en temps quelques petites distractions, et il est le héros de plusieurs anecdotes assez gaies, plus ou moins connues; en voici une que je ne crois pas avoir été rapportée par aucun écrivain de Mémoires, soit du temps, soit postérieurs.

Le comte de Lauraguais allait assez souvent chez une certaine mademoiselle Beaumontel ou Dumontel, qui faisait à Paris, sans bruit, sans éclat, commerce de galanterie. Cette fille était plutôt belle que jolie, et bête comme une oie. M. de Lauraguais disait qu'il allait la voir pour se changer. Le fait est qu'il y allait. Mademoisselle Beaumontel était entretenue par un notaire, chose assez rare à cette époque où les notaires, en général, ne ressemblaient en rien à ceux de nos jours.

Le notaire de mademoiselle Beaumontel était un petit homme gros et court, qui avait une peur de tous les diables de M. de Lauraguais, et celui-ci s'amusait à l'entretenir dans cette sainte terreur.

C'était un passe-temps qu'il aimait assez
à se donner que de tomber comme une
bombe au milieu d'un tête-à-tête du notaire et de la belle fille, et de dire à
celle-ci : Beaumontel, je viens te demander à souper ; on sait jusqu'où s'étend
cette espèce d'hospitalité chez une fille
comme la Beaumontel ; alors le notaire
prenait respectueusement sa canne et son
chapeau, saluait le comte et se retirait
discrètement.

— Ne vous dérangez pas, monsieur le
notaire, lui disait Lauraguais, vous sou-
perez avec nous ; vous vous en irez après
souper, ma voiture vous reconduira.

Le pauvre notaire, qui savait bien que
le sort qui lui était réservé était de servir de but aux traits du spirituel grand
seigneur, et qui, après tout, n'était pas
charmé d'assister aux préliminaires des

plaisirs du comte, acceptait rarement cette invitation et laissait Lauraguais maître du champ de bataille.

Mais un jour il fut forcé d'assister à quelque chose de plus complet qu'aux préliminaires du combat.

Je ne sais quels nouveaux charmes le comte avait découverts dans mademoiselle Beaumontel, mais pendant huit jours de suite, il vint souper avec elle, si bien que l'infortuné tabellion ne trouva pas une minute pour lui parler, attendu que sa maîtresse, qui était dormeuse comme une fille grosse et blonde qu'elle était, dormait jusqu'à une heure fort avancée de la journée toutes les fois que Lauraguais avait soupé la veille avec elle. Le notaire s'impatienta, et il écrivit à mademoiselle Beaumontel qu'il lui défendait de recevoir davantage M. de Lauraguais

sous peine de rupture. La pauvre fille,
qui tenait à son notaire, envoya l'épître
à Lauraguais, dans une lettre bien
bête de sa blanche main où elle le priait,
non de ne plus la venir voir, il paraît
qu'elle avait assez de goût pour le comte,
mais de s'arranger de manière à ne pas
lui faire perdre son bienfaiteur. Lauraguais, que la concurrence n'effarouchait
pas le moins du monde, ce qui se comprend avec les allures dont nous avons
parlé, mais qui ne se serait nullement
accommodé du rôle d'amant secret, ce qui
se comprend également, attendu qu'il
payait généreusement les bontés que la
Beaumontel avait pour lui, lui renvoya
la lettre du petit homme, en écrivant au
bas, que si le tabellion avait le malheur
de se trouver sur son chemin, il le roue-
rait de coups où lui passerait son épée

au travers du corps. Le notaire, à qui Beaumontel, dans sa simplicité, montra cette missive, se le tint facilement pour dit; mais comme il était amoureux fou de la fille, il n'eut pas le courage de la quitter, et ce fut lui qui se résigna au rôle d'amant en bonne fortune.

A quelques jours de là, Lauraguais, qui avait dû aller à Versailles, et qu'une circonstance imprévue avait retenu à Paris, vint demander à souper à la Beaumontel; il arriva sans bruit, ayant laissé son carrosse au bout de la rue, de sorte qu'il fut presque dans l'appartement avant qu'on l'eût entendu. Pour le malheur du tabellion, celui-ci avait appris que le comte allait à Versailles, et se croyant sûr de ne pas être troublé dans ses plaisirs, il était venu souper avec sa maîtresse. Ils avaient soupé de bonne

1. 6

heure, et ils venaient d'achever leur repas, lorsque la voix de Lauraguais se fit
entendre. Le notaire trembla de tous
ses membres, et faillit tomber à la renverse.

— C'est le comte, dit-il en pâlissant.

— Il vient me demander à souper, dit
naïvement la blonde Beaumontel, qui
aimait mieux la société de Lauraguais
que celle de son notaire, dont après tout,
malgré sa bêtise, elle avait bien vu
qu'elle pouvait se regarder comme assu-
rée à tout jamais.

— Je m'en vais, dit le notaire; mais
je ne veux pas qu'il me voie.

Il se dirigea vers une porte dérobée,
comme en ont toujours dans leurs appartemens les filles de plaisir. Par une fata-
lité inexplicable, cette porte était fermée

en dehors; il eût fallu du temps pour sonner et la faire ouvrir.

— Il faut vous cacher là-dedans, dit la Beaumontel en le poussant dans une garde-robe, qui n'était fermée que par un grillage et un rideau vert.

— Oui, dit le notaire ; quand il verra que vous avez soupé, il s'en ira peut-être. Il faudra le renvoyer.

Beaumontel lui jeta la porte sur le nez; et à peine le tabellion était-il dans sa cachette, que le comte entra dans la chambre.

— Je viens souper avec toi, dit-il à Beaumontel ; je n'ai pas été à Versailles exprès pour cela.

Le notaire pensa sans doute qu'il eût aussi bien fait de ne rien changer à ses projets.

— Tu as donc soupé, poursuivit le

comte en voyant les débris du repas. Il
y a deux couverts! Est-ce Richelieu?
Soubise? Mirepoix? et il se mit à lui dé-
filer une kyrielle de noms qui faisaient
ouvrir de grands yeux à la belle blonde,
qui n'y comprenait rien ; car, comme je
crois l'avoir dit, elle n'était que médiocrement répandue ; et, à l'exception de
Lauraguais et de deux ou trois autres
grands seigneurs, elle n'avait jamais eu
affaire qu'à des gens de finance ou de
bourgeoisie, ainsi que le témoignaient ses
relations avec le notaire. Mais Lauraguais s'amusait aux dépens du tabellion,
dont la présence lui avait été dénoncée
par le petit laquais de Beaumontel, à qui
il donnait souvent un louis d'or, tandis
que le pauvre diable n'avait jamais vu un
écu du notaire. Certain que celui-ci
était dans la chambre, Lauraguais, dont

l'œil exercé avait sondé en une minute
toutes les profondeurs de l'appartement,
vit tout de suite qu'il ne pouvait être
que sous le lit ou dans le cabinet grillé.
Pour s'assurer de la première conjectu-
re, il avait, sans intention apparente,
lancé avec son pied un tabouret sous le
lit, et il avait entendu le petit meuble
aller frapper la muraille sans rencontrer d'obstacle. Le notaire était donc
dans la garderobe au rideau de taffetas
vert. Lauraguais n'aurait pas donné sa
place pour mille louis.

— Si ce n'est aucun de ces gens-là,
continua-t-il d'un ton indifférent, c'est
donc mon ami le tabellion ?

— Eh! sans doute, dit Beaumontel.

— Il a parbleu bien fait de s'en aller,
dit froidement le comte : il a eu l'inso-

lence de vouloir me renvoyer d'ici. Je l'aurais tué comme une mouche.

Beaumontel avait presqu'aussi peur que le notaire. Elle était si sotte qu'elle prenait au pied de la lettre les paroles de M. de Lauraguais. Elle crut qu'elle allait pouvoir se débarrasser de lui.

— Je suis bien fâchée d'avoir soupé, dit-elle en baissant les yeux pour ne pas laisser voir sa frayeur.

— Quest-ce que cela te fait, dit Lauraguais en riant; ne sommes-nous pas ici en bonne maison? Je vais souper auprès du feu; tu boiras un verre de vin de Champagne avec moi. J'ai envie de te griser; tu dois être bien drôle quand tu es grise.

Tout en parlant ainsi, il avait sonné en maître, donné ses ordres, retiré son épée, et pris place au coin du feu, qui

faisait justement face au fatal cabinet
vert.

Beaumontel, voyant qu'il fallait en
passer par là, se résigna. Lauraguais re-
doubla d'amabilité ; et il eut tant d'esprit, il fit boire si à propos quelques
verres de vin de Champagne à la grosse
fille, qu'elle finit par s'évertuer, fut un
peu moins bête que de coutume, plus
agaçante au contraire, et plus volup-
tueuse qu'à l'ordinaire, si bien que le
pauvre notaire disait, en pleurant de dépit :

— Je ne l'ai jamais vue comme cela !

Il était midi quand on vint dire au
comte que son carrosse était à la porte.
Je vous laisse à penser quelle nuit avait
passé le tabellion. Il n'en était cependant pas encore quitte.

Comme Lauraguais allait s'en aller, il

s'arrêta tout à coup, et, prenant un air grave :

— Ah! ça, ma belle, dit-il à Beaumontel, ne va pas abuser de tes avantages. Il ne faut pas te croire comtesse de Lauraguais, mon enfant, parce que je t'ai fait l'amour pardevant notaire.

Beaumontel resta foudroyée, et l'on entendit le bruit d'un corps lourd qui tombait sur le parquet de la garde-robe grillée.

C'était le notaire qui, en entendant la plaisanterie de Lauraguais, vit que sa présence n'était pas un mystère pour le comte, et qui, croyant que, non content de l'avoir mystifié, il allait mettre à exécution sa terrible promesse, s'était laissé choir de frayeur, épuisé qu'il était par la fatigue d'une nuit passée sur ses grosses jambes.

Comme on le pense bien, M. de Lauraguais n'avait nulle envie de lui faire le moindre mal. Il s'en alla en riant comme un bienheureux, et laissa le couple épouvanté s'extasier sur sa grandeur d'ame.

M. de Lauraguais, qui avait lancé Sophie Arnould au théâtre, eut toujours un grand penchant pour tout ce qui tenait à l'art dramatique. Devenu plus tard duc de Lauraguais, il rendit de grands services pécuniaires à la Comédie-Française, qu'il empêcha ainsi de faire banqueroute. Aussi, il était regardé au foyer du théâtre comme un oracle. Il y avait son franc-parler, et plus d'une fois les comédiens lui durent des conseils pleins de goût et de finesse.

Le jour où D...... joua pour la première fois le rôle d'Agamemnon, dans

Iphigénie, le duc de Lauraguais le trouva au foyer après la pièce.

— M. D......, lui dit-il, j'ai vu jouer *Agamemnon*, à Brizard, il ne le jouait pas comme vous!

— M. le duc, dit, en s'inclinant avec la modestie que l'on connaît aux comédiens, D...., qui ne voyait là-dedans qu'un compliment.

— Non, parole d'honneur, il ne le jouait pas comme vous!

— M. le duc est trop bon, dit D........ en saluant encore avec reconnaissance.

— Il s'en serait, parbleu, bien gardé, dit le duc en tournant sur ses talons.

Il lui était difficile, du reste, de retenir un bon mot ou une repartie vive, quel que fut le rang de celui qui lui parlait. Louis XVI l'avait envoyé en ambassade, je crois que c'est en Angleterre.

A son retour à Versailles, il fut assez mal reçu par le roi, qui faisait retomber sur lui la mauvaise humeur inspirée par l'issue d'une négociation qui avait échoué par des causes tout-à-fait indépendantes de l'habileté et de la volonté de M. de Lauraguais. Un jour de grande réception, le roi, qui était de pire humeur qu'à l'ordinaire, et qui se servait parfois d'expressions que l'on qualifierait aujourd'hui de peu parlementaires, mais qui étaient à coup sûr très peu royales, avisa le duc, et, lui adressant la parole d'un air fort peu gracieux :

— Monsieur de Lauraguais, lui dit-il à brûle-pourpoint, il m'est revenu que dans votre ambassade vous aviez passé votre temps en dîners et en galas, et que vous faisiez là-bas le *gros cochon*.

— Sire, dit le Duc, en s'inclinant respectueusement, je me suis borné à représenter Votre Majesté.

Quand on leur répond un peu raide à une grosse insolence que leur position, relativement à ceux qui la reçoivent, rend plus lourde encore, les rois restent d'ordinaire assez penauds. L'Empereur, qui était un autre homme que Louis XVI, ne savait pas où il en était lorsque cela lui arrivait, comme à la réponse pleine de cœur et de dignité que lui fit mon père à son retour du Portugal.

On sait que mon père était criblé de blessures. Une de celles qui fut, sans contredit, cause de la funeste maladie à la suite de laquelle il succomba, est la balle qu'il reçut au-dessus du nez, aux lignes de Torres-Vedras. Pour extraire la balle, on fut obligé d'ouvrir la joue au-dessus de la pommette maxillaire

cette cicatrice, jointe à celle de la blessure elle-même, avait grandement dé-
rangé l'harmonie des lignes de son visage. L'Empereur, à qui la belle conven-
tion de Cintra avait déplu, uniquement
parce que c'était une capitulation et que
le mot le châtouillait désagréablement,
témoigna à mon père une mauvaise humeur marquée. Au cercle, un jour, il
lui dit tout haut :

— Mon Dieu, Junot, comme cette
blessure t'a rendu laid !

Mon père ne répondit rien la première
fois ; mais, rentré chez lui, il pleura
amèrement sur cette dure parole dite
par celui qu'il aimait tant ! Il n'en parla
même pas à ma mère.

Au cercle suivant, même compliment
de l'Empereur, et comme on le pense,
douleur encore plus vive de la part de

mon pauvre père. Cette fois seulement, il n'eût pas la force de la garder pour lui, et il versa son chagrin dans le sein de ma mère. Elle fut indignée, comme on le pense bien, de cette injustice de l'Empereur, et elle conseilla de toutes ses forces à mon père, de répondre quelque chose si l'attaque se renouvelait.

Cela ne manqua pas; pour la troisième fois, mon père fut salué de l'exclamation sur sa laideur occasionnée par la blessure dont j'ai parlé.

— Je suis désolé de ne pas être du même sentiment que l'Empereur, dit respectueusement mon père; mais, j'avais cru que cette blessure avait dû m'embellir, puisque j'avais eu le bonheur de la recevoir au service de Votre Majesté.

Napoléon fit une petite grimace et

passa à un autre, qui probablement paya les pots cassés.

Tout ceci sent très peu son boudoir; mais on me pardonnera, j'espère, ces deux ou trois petites digressions, les unes pour elles-mêmes, l'autre en faveur de son origine.

Pour rentrer à pleines voiles dans les eaux où nous devons naviguer, je vais raconter une petite histoire qui se passe tout entière dans le boudoir d'une jolie femme. Celle-là avait renchéri sur les privilèges avoués du boudoir. Ce n'était pas seulement son mari qu'elle y boudait, mais encore ceux de ses amans qui n'étaient pas pour le moment de service. L'expression est exacte. La comtesse de V... avait à la fois quatre amans qui se partageaient l'amour de cette femme, comme les gentilshommes de la chambre

du roi se partageaient le service de sa
majesté. Seulement, au lieu de le faire
par trimestre (étaient-ils sûrs de durer un
trimestre à eux quatre?) ils s'étaient dis-
tribué le mois par semaine. On avait
consulté les convenances de chacun et
le service avait commencé , ces messieurs prenant rang ainsi qu'il suit :
M. de Narbonne, M. de Lautrec, M. de
Vintimille et M. de Saint-Priest.

C'était chose avouée et convenue. Il y
avait deux mois que cela durait, à la
grande satisfaction de tous, car, madame
de V... se réservait, à part elle, le droit
d'exiger des titulaires en congé, des services extraordinaires quand le gentilhomme de semaine ne lui suffisait pas.

Vers le commencement du troisième
mois, c'était pendant la semaine de M. de

Narbonne, M. de Vintimille reçut, un matin, un petit billet ainsi conçu :

« M. de Narbonne ayant reçu hier un
» coup d'épée, monsieur de Vintimille
» est prié de passer dans la soirée chez
» madame la comtesse de V... »

— Ce n'est pas à moi, dit M. de Vintimille, c'est à Lautrec. C'est lui qui prend la semaine après Narbonne. J'ai affaire ailleurs, qu'il y aille à ma place.

Sur ce, il demanda ses chevaux, écrivit à madame de V... qu'il était désolé de ne pouvoir se rendre à ses ordres; mais qu'il était obligé d'aller à Versailles pour le service du roi.

Il passa chez M. de Lautrec, qu'il ne trouva point, et à qui il laissa un petit mot pour lui apprendre de quoi il s'a-

gissait, et le sommer de prendre la semaine, que le coup d'épée de M. de Narbonne lui mettait sur les bras.

Il ignorait que madame de V... eût
déjà envoyé chez M. de Lautrec : c'était
sur la réponse faite par le valet de chambre de celui-ci, à savoir que son
maître était absent pour deux jours,
qu'elle avait requis ses services, conformément à l'ordre établi entre ces messieurs.

Madame de V... ne se tint pas pour
battue, et aussitôt elle écrivit à M. de
Saint-Priest. Le ciel avait décidé que pas
un des suppléans ne serait disponible. Je
ne sais ce qui tenait M. de Saint-Priest
empêché : ce qu'il y a de certain, c'est
que lui aussi, ne répondait pas à l'appel.

C'était jour de malheur; qu'on ait un
amant, deux amans même, et qu'on en

manque en un besoin à heure dite, cela se conçoit. Mais quatre! il fallait que le diable s'en mêlât, ou plutôt ne s'en mêlât plus. C'était à en perdre la tête.

Madame de V... n'était point femme à la perdre si facilement, surtout en pareille circonstance; elle ne voulut pas en avoir le démenti. Elle jeta les yeux sur l'ottomane de son boudoir, et elle jura que ce discret témoin de tant de doux aveux, ne le serait pas de sa honte et de son abandon; en même temps, elle se promit de ne pas abandonner le terrain. C'était jurer de ne pas achever seule cette journée menacée d'une si effrayante solitude.

Elle écrivit rapidement quelques lignes, sonna, donna son billet à son valet de chambre, et s'enfonça de nouveau dans les moëlleux coussins, en murmurant :

— Cela vaudra toujours mieux que rien.

Cependant, au-dehors, les choses ne se passaient pas comme elle avait dû le prévoir.

M. de Vintimille, qui avait appris à Versailles que M. de Lautrec était absent de Paris, ainsi que M. de Saint-Priest, se sentit pris de pitié pour cette pauvre comtesse qui allait se trouver toute seule, sans avoir âme à qui parler. Il avait réellement affaire à Versailles. Il pria quelqu'un de le remplacer, et à onze heures du soir, il était au bout de la rue de Varennes, où était situé l'hôtel de la comtesse. Il avait une clé qui ouvrait la porte secrète d'un petit escalier dérobé, lequel conduisait directement au boudoir de madame de V... Il ouvrit, et allait monter, lorsqu'il entendit un bruit de clé dans la serrure.

Il s'arrêta tout court, quoique M. de V... fût le moins jaloux mari de France, on ne savait ce qui pouvait arriver. M. de Vintimille s'arrêta donc, et, à tout hasard, il mit l'épée à la main.

Il y avait dans l'escalier une petite lampe destinée à empêcher les élus de se casser le nez, et que, par habitude, on avait allumée ce jour-là comme les autres jours. Il vit donc tout de suite qui était le nouvel arrivant, et sa surprise fut grande en reconnaissant M. de Lautrec. La raison qui avait éloigné celui-ci pour deux jours ayant cessé, il était revenu à Paris, avait trouvé le billet de madame de V..... et celui de M. de Vintimille, et s'était empressé, en

galant ·chevalier qu'il était, de venir
prendre son service rue de Varennes. Il
expliquait tout cela à M. de Vintimille,
qui lui répondait qu'il en était bien fâché;
qu'il avait été bien et dûment convoqué;
qu'il avait renvoyé son carrosse, et que
certes il ne s'en irait pas à pied à une
pareille heure, avec le froid qu'il faisait.
M. de Lautrec soutenait ses droits de
semainier, et, comme ils avaient tous
deux la tête assez près du bonnet, ils
allaient peut-être croiser l'épée, lorsqu'une clé qu'ils entendirent glisser dans
la serrure les arrêta tout-à-coup.

— Est-ce une comédie ou une mystification? dit M. de Lautrec à son col-
lègue.

— Je crains qu'il n'y ait quelque chose
comme cela, dit M. de Vintimille, à
moins que ce ne soit Saint-Priest.

La porte s'ouvrit, et ils aperçurent le grand corps de M. de Saint-Priest, qui s'arrêta stupéfait à leur vue.

— Et de trois! dit M. de Lautrec en riant.

M. de Saint-Priest leur raconta qu'en rentrant chez lui, il avait trouvé une sommation de madame de V....., et qu'il était accouru en toute hâte.

— Mais, ajouta-t-il, puisque vous voilà, il n'y a plus besoin de suppléant. Je m'en vais : on m'attend à souper chez La Michaudière. Bonne chance.

— Tu as donc ton carrosse? dit M. de Vintimille.

— Diable! dit M. de Saint-Priest, je n'y pensais pas : je l'ai renvoyé, naturellement.

— Et tu vas t'en aller à pied?

— Non, par Dieu! mais comment al-

lons-nous faire ? il y en a deux de trop
ici !

— Messieurs, dit M. de Lautrec, mon-
tons — le cas est grave — la comtesse est
habile en ces sortes de matières : elle
lèvera la difficulté.

— Au fait, dit M. de Vintimille, elle
est femme à trouver moyen de tout arranger : — Abondance de biens ne nuit
pas.

Ils montèrent en silence, et, au moment de tourner le bouton de la porte
qui donnait entrée dans le boudoir, ils
s'arrêtèrent en se regardant.

— Qui entre le premier ? dit M. de
Lautrec ; ce serait assez mon droit.

— Chut ! dit M. de Vintimille ; écou-
tez !

Ils prêtèrent l'oreille, et le son de deux
voix, occupées à une conversation dont

le sens n'avait rien d'ambigu, parvint distinctement jusqu'à eux.

— Je crois, dit M. de Saint-Priest, en réprimant un éclat de rire, que nous sommes trois de trop à présent.

— Est-ce que Narbonne serait déjà guéri ? dit M. de Vintimille.

— Impossible ! il a reçu un grand coup d'épée dans le flanc. Il en a pour un mois.

— Il faut entrer, dit M. de Lautrec, nous sommes joués ; mais on ne se moque pas impunément de gens comme nous.

Il tourna le bouton et entra résolûment, suivi de ses deux collègues. La comtesse, qui paraissait entièrement absorbée dans la conversation qu'elle avait avec son partner, ne les entendit que lorsqu'ils furent tout près d'elle. Elle jeta un grand cri, et se cacha le visage dans

les coussins de l'ottomane. Celui que la
venue des trois amis dérangeait d'une
manière si peu agréable, se releva préci-
pitamment, et MM. de Lautrec, de Vintimille et de Saint-Priest furent plus
surpris que jamais en reconnaissant,
dans leur rival, le comte de V..... en
personne, le mari de l'exigeante souveraine de ce boudoir.

Il fut assez confus lui-même de la
situation peu équivoque dans laquelle
on le surprenait. Mais rien n'appro-
chait du désespoir de madame de V...
On l'eût trouvée avec le dernier gou-
jat qu'elle n'eût pas été plus honteuse.
Les trois amis ne purent réprimer longtemps l'envie de rire que leur causait la
découverte inattendue de l'étrange riva-
lité qui leur coupait l'herbe sous le pied.
M. de V..., dont la position était embar-

rassante, se rajusta de son mieux, salua la compagnie brusquement, et s'enfuit sans prendre congé. Madame de V... finit par se calmer. Elle se fâcha alors ; et dans sa colère, il lui échappa ce mot qui peint si bien les mœurs de cette époque :

— Voilà pourtant à quoi vous m'exposez !

Le fait est que, désespérant de mettre la main sur aucun de ces trois messieurs, madame de V... avait écrit à son mari qu'elle avait à lui parler, et qu'elle le priait de passer dans son boudoir. Quelque surpris qu'eût été M. de V... d'une pareille invitation, il s'y était rendu en mari qui sait son monde, et madame de V...., sans lui dire probablement qu'il n'était qu'un pis-aller, fut si aimable et si engageante, que le comte n'éprouva

aucune peine à la dédommager de l'in-
exactitude de ses amans.

Il paraît même qu'elle ne prit pas bien
leur tardive arrivée. Elle paraissait regretter qu'ils eussent interrompu son
tête-à-tête avec le comte, qui, à vrai dire,
était un homme d'esprit et de bonne
mine ; si bien que lorsqu'elle eut fait
tomber sur eux sa mauvaise humeur, elle
sonna, ordonna qu'on mît des chevaux à
une voiture, et, se tournant vers le trio :

— Vous avez une voiture à vos ordres,
messieurs, dit-elle, je ne veux pas vous
retenir plus longtemps.

Cette velléité conjugale ne fut pas de
longue durée ; aux gentilshommes dont
j'ai parlé, en succédèrent quelques autres. Mais la comtesse de V... ayant re-
connu l'inconvénient de l'amour par
quartiers, renonça à cette distribution

méthodique, et s'arrangea, en ayant toujours plusieurs serviteurs en titre et en
fonctions, à en avoir toujours un disponible sous sa main, sans avoir besoin de
recourir, pour passer sa soirée, au pis-
aller bourgeois du mari.

III.

Si une femme peut, à toute force, s'arranger de façon à avoir quatre amans à la fois, et un mari par-dessus le marché dans l'occasion, il est assez difficile à un homme, à tous égards, de jouer la contre-partie de ce rôle si occupé. Pour une femme, le théâtre de la guerre ne change pas; c'est sur le même terrain qu'elle a à recevoir l'ennemi ou l'ami, comme on voudra, quelque soit le nombre des corps d'armée, c'est dans le boudoir qu'elle a à se mesurer avec eux. Ce terrain, elle le sait par cœur. Elle n'a donc qu'à s'occuper des manœuvres assez simples qu'elle peut avoir à exécuter pour diviser les combattans. Il faut de la tête, j'en conviens; mais enfin avec du loisir, de l'imagination et des dispositions pour la spécialité, ce n'est pas la mer à boire, et l'on s'en tire. Mais il faut à un homme plus que de l'imagination, plus que des dispositions, plus que du loisir, pour mener de front quatre, ou même trois intrigues; et, à moins d'un miracle, il doit succomber si les forces qu'il a à combattre se rencontrent, malgré ses efforts pour les séparer. Indépendamment de certaines qualités à la Faublas, il lui faut un génie supérieur pour ne pas mêler l'échevau si délié de ces diverses amours, d'autant plus qu'il ne doit guères espérer (est-ce à la louange de notre sexe ou à celle de ces dames? c'est ce que je ne me permettrai pas de décider) que, dans le cas où une jonction s'opère, les parties intéressées s'arrangent aussi bien d'un partage réglé que s'étaient arrangés entre eux les quatre gentilshommes dont j'ai parlé dans le chapitre précédent.

Ce long exorde n'a d'autre but que d'amener une historiette qui est précisément, quant au fond, la contre-partie de l'aventure de madame de V..... et de ses quatre amans. Seulement, le héros de cette histoire n'avait affaire qu'à trois adversaires, et il se donnait, pour les éviter, le mal que madame de V..... se donnait pour rencontrer un de ces messieurs. Je dirai son nom en toutes lettres, quoiqu'il n'ait pas jugé à propos de conter cette anecdote dans ses Mémoires : il a eu sans doute pour cette réticence des motifs qui prenaient leur source dans les égards qu'il devait à celles qui auraient figuré dans son récit, et qui peut-être vivaient encore ; quant à lui, comme il joue ici le beau rôle, je puis le nommer sans crainte. Mais je ne serai pas aussi explicite à l'égard des héroïnes de mon anecdote.

L'homme dont je veux parler est le comte de Ségur, celui qui a été ambassadeur de France auprès de la grande Catherine. C'était, comme chacun le sait

de reste, un des plus charmans esprits
de son temps. Il était en outre très
agréable ; et, avant d'aller manger des
huîtres gâtées en Russie, pour faire sa
cour à l'impératrice, il avait terrible-
ment mangé de cœurs à la cour de
France.

A peine âgé de vingt ans, il se trouva
engagé dans une aventure qui n'eût pas
été indigne d'exercer l'habileté d'un
Lauzun ou d'un Richelieu. Il s'en tira
comme s'en seraient tirés ces maîtres-
roués, avec tous les honneurs de la
guerre.

M. de Ségur était, depuis deux ou trois
mois, dans toutes les bonnes grâces de
la princesse de B....., laquelle était
intimement liée avec la duchesse de
C...... — T...... Ces deux femmes
avaient jugé à propos, au milieu du

laisser-aller de la cour, de prendre des
airs de vertu et de protester, par leurs
yeux baissés et leurs discours, pleins de
sentences pieuses, contre le scandale du
temps. Certes, c'eût été beau d'avoir le
courage de lutter contre la corruption
générale, et de se conserver pures au
milieu du torrent d'iniquités qui débor-
dait de toutes parts. Mais l'horreur que
les péchés du siècle inspiraient à ces
dames, et qui était assez forte pour leur
faire jeter les hauts cris contre les énor-
mités de la cour, n'allait pas jusqu'à les
leur faire haïr sincèrement; elles criaient
à la corruption, et ne se gênaient que
tout juste autant que l'exigeait la
crainte du scandale, pour donner à leurs
contrats de mariage assez de coups de
canifs pour qu'ils fussent percés à jour.
Elles allaient à Vêpres et au Salut, mais

leur dévotion s'arrêtait là : bref, elles ne respectaient pas plus le sixième commandement de Dieu que le cinquième commandement de l'Église, et leurs boudoirs ne chômaient pas plus d'amans en tout temps, que leurs tables de poulardes en carême.

Un jour que M. de Ségur était seul avec la duchesse de C..... — T..... dans son boudoir, elle lui dit, à brûle-pourpoint :

— La princesse de B..... est mon amie.

— Je le sais, madame la duchesse, dit M. de Ségur, assez surpris de cette communication plus que superflue.

— Vous êtes son amant.

— Madame, murmura le comte, qui ne pouvait deviner où la duchesse voulait en venir.

— C'est elle qui me l'a dit. Elle m'a

dit bien des choses, ajouta la duchesse en baissant les yeux.

M. de Ségur, dont la conscience n'avait rien à se reprocher relativement à la princesse, baissa aussi les yeux ; mais ce fut par modestie, car ce que madame de B..... avait dit à madame de C..... — T..... ne pouvait être qu'à son avantage.

— Quoique jeune, continua la duchesse, il paraît que vous êtes fort discret : c'est la plus belle qualité que puisse avoir un gentilhomme. L'honneur d'une femme qui a eu une faiblesse pour un galant homme doit être chose sacrée pour lui.

— C'est un devoir, dit M. de Ségur.

— Ainsi, dit la duchesse en regardant le comte avec des yeux étincelans, si une femme venait à vous aimer et à vous le donner à entendre, elle n'aurait

aucune indiscrétion à craindre de vous,
pas même vis à vis de votre maîtresse?

— Dans le cas, dit M. de Ségur qui
commençait à être sur la voie, dans le
cas où un homme répond à des avances qu'une femme veut bien lui faire, si
cet homme a une maîtresse, comme le
disait madamè la duchesse, c'est à elle la
dernière qu'il ferait confidence de ce
qui s'est passé; dans le cas contraire,
selon moi, un honnête homme est lié par
les mêmes devoirs que s'il profitait des
bontés qu'on aurait été disposé à avoir
pour lui.

—Même, poursuivit madame de C·····
— T·····, si la maîtresse de cet homme
était liée d'amitié avec la femme qui lui
aurait fait ces avances?

M. de Ségur, que les précautions ora-
toires de la duchesse divertissaient beau-

coup, répondit d'un air grave et mesuré.

— Cette considération, madame la duchesse, ne saurait qu'engager cet homme à repousser ces avances, quelque honorables qu'elles fussent pour lui, mais elle ne pourrait l'autoriser à commettre une lâcheté qui serait d'autant plus blâmable qu'elle affligerait deux personnes à la fois.

— Et comment jugeriez-vous la conduite de la femme qui, emportée par une passion plus forte qu'elle pour l'amant de son amie, la déclarerait à cet homme en le suppliant de renoncer pour elle à la liaison qui l'occuperait, ou tout au moins à tromper sa maîtresse?

— En théorie, répondit le comte qui ne jugea pas à propos de pousser plus loin la défensive sur laquelle il s'était tenu depuis le commencement de la conversation, en théorie j'appellerais cela une trahison; en pratique, je crois pouvoir être sûr que, si la femme en valait la peine, je succomberais infailliblement.

— Ainsi, dans l'hypothèse où une femme, jeune encore, qui a peut-être quelques agrémens, vous dirait qu'elle vous aime, vous seriez capable de quitter votre maîtresse?

— Ou de la tromper, madame la duchesse, je l'avoue.

— Abandonneriez-vous madame de B.....?

— Si cela vous était égal, dit M. de Ségur en prenant la main de la duchesse, ne pourrions-nous nous borner à la tromper?

Il fut donc convenu que la pauvre princesse serait, non pas délaissée, mais trompée, et le traité fut signé immédiatement.

Les deux amies se partagèrent dès-lors, sans que madame de B..... s'aperçût de la trahison, le cœur et le temps de M. de Ségur.

C'était, certes, de l'occupation ; mais M. de Ségur était un habile homme, si bien qu'il trouva encore du cœur et du temps de reste pour devenir amoureux fou d'une espèce d'Espagnole, qui était nouvellement arrivée à Paris, et qui, en sa qualité d'Andalouse, bien qu'elle fît payer cher les faveurs qu'elle accordait, voulait cependant qu'on lui plût, et, ce qui était plus gênant, qu'on lui fût fidèle.

Malgré cette exigence de la belle Cata-

lina, M. de Ségur se lança comme s'il
n'avait pas eu les deux amies sur les bras.
Catalina le trouva assez de son goût, et,
comme la conduite des deux dévotes n'é-
tait pas affichée comme eût pu l'être
celle d'autres femmes moins à précautions, elle agréa les soins du comte, ne
se doutant guère que ce petit jeune homme de vingt ans eût deux maîtresses capables de rendre des points à la plus An-
daphrodise de l'Andalousie.

Elle tint la dragée haute à M. de Ségur, et ce ne fut qu'après trois semaines
de poursuites assez vives qu'il la fit
consentir à venir souper avec lui dans sa
petite maison, qui était, je crois, rue de
Charonne.

A sept heures du soir il lui envoya une
voiture sans armoiries, avec des laquais
en livrée grise, et l'Espagnole, une de-

mi-heure après, n'avait plus rien à lui accorder.

Cependant la conquête de Catalina, qui avait demandé à M. de Ségur plus de temps et de soins qu'il ne l'avait cru d'abord, lui avait fait un peu négliger mesdames de B..... et de C.....—T...... La duchesse, qui avait l'amour-propre de croire qu'un homme occupé par elle et sa digne amie n'avait pas le temps d'aimer ailleurs, crut tout bonnement que madame de B..... avait eu pour le comte un redoublement d'amabilité, et que c'était à cela qu'il fallait attribuer le refroidissement qu'elle avait remarqué en lui depuis quelques jours. Madame de B...., qui n'avait pas à sa disposition d'explication aussi facile à trouver, s'imagina qu'il se lassait d'elle; et comme elle ne se lassait pas de lui, elle résolut

de tout faire pour le rattacher. Elle sut
bien quelque chose de l'Espagnole; mais
c'était une des femmes les plus vaines de
France; il ne lui pouvait venir dans l'esprit qu'une fille balançât son influence
dans le cœur d'un homme bien né.

Quoi qu'il en soit, le soir du jour où
Catalina consentit à rendre heureux l'a-
moureux M. de Ségur, madame de C...—
T.... sortit de chez elle à neuf heures du
soir, monta dans une voiture de louage,
et se fit conduire rue de Charonne, à la
petite maison du comte ; toutes choses
dont elle l'avait prévenu dans la soirée par un billet que, comme on peut
se l'imaginer, il n'avait pas reçu, étant
depuis six heures à attendre l'Espagnole.

M. de Ségur, quand il s'était vu possesseur de Catalina , avait été l'homme

le plus désappointé du monde , en trouvant si peu de goût à un mets qu'il avait si ardemment désiré , et pour lequel il avait négligé des ragoûts de haute saveur cent fois préférables à cette beauté de contrebande , plus ou moins Espagnole. Quand il entendit arriver la voiture qui amenait madame de C....—T...., il fut plus surpris que contrarié , et se frotta les mains de la bonne compensation que lui envoyait la Providence. Il se leva en toute hâte, et s'excusa auprès de l'étrangère , sans trop de formalités , lui disant que c'était son père qui venait le surprendre, ou quelque mensonge de même calibre, comme ceux que l'on fait aux filles, et que l'on ne se donne pas la peine de rendre vraisemblables; puis il la laissa dans la chambre, dont il ferma la porte à double tour.

Il reçut madame de C.....—T..... en haut de l'escalier.

— Ah! s'écria-t-elle dès qu'elle le vit, que vous êtes aimable ; je craignais que vous n'eussiez pas reçu mon billet, et de ne pas vous trouver ici.

M. de Ségur, à qui il ne fallait pas dire deux mots pour qu'il comprît beaucoup, vit tout de suite qu'elle ne le poursuivait point en femme jalouse, qui traque un infidèle, et vient le surprendre en flagrant délit; mais qu'elle venait tout bonnement à un rendez-vous où elle se croyait sûre de le trouver, conformément aux instructions qu'elle paraissait avoir données, bien qu'il ne les eût pas reçues.

Comme souvent la petite maison de M. de Ségur, ainsi que la plupart des petites maisons, servait à des parties où

les couples étaient plus ou moins nombreux, il y avait trois ou quatre appartemens également élégans. En un clin-d'œil
les domestiques en eurent disposé un
pour recevoir la duchesse.

M. de Ségur se proposait à prendre la
revanche du désappointement que lui
avait donné la possession de Catalina,
lorsque l'on entendit distinctement une
voiture s'arrêter à la porte de la rue.

— Ce ne peut être que madame de B...,
pensa M. de Ségur ; la position se com-
plique.

— Qu'est-ce que cela ? dit la duchesse
qui, prise à la fin d'une véritable passion pour le comte, ne supportait plus
qu'impatiemment le partage de sa rivale.

— Ce doit être la princesse, dit M. de
Ségur. Elle vous aura épiée et suivie. Une

scène serait une chose désastreuse. Permettez que je fasse toutes choses pour l'éviter.

— Renvoyez-la, ou renoncez à moi,
dit la duchesse, l'œil en feu.

— Je vais faire mes efforts pour cela ;
mais, pour Dieu! soyez calme.

Il s'élança hors de l'appartement, dont
il ferma également la porte à double
tour, et trouva au bas de l'escalier la
princesse de B......, car c'était elle qui,
ayant appris par un de ses espions, à
moitié bien informé, que le comte était
à sa petite maison, s'y était fait conduire
dans des intentions plus hostiles que la
duchesse.

— Je vous dérange, dit-elle au comte
avec l'accent impérieux d'une grande
dame offensée plutôt que d'une maîtresse
outragée; vous êtes ici en bonne fortune.
Puis-je savoir avec qui?

ï.   9

— Avec mon tapissier, dit le comte avec aplomb. Je faisais faire quelques changemens dont vous m'avez donné l'idée.

— Vous pouvez donc me donner votre soirée, dit la princesse en le regardant d'un œil inquisiteur.

— Parfaitement, dit le comte ; seulement, rien n'est disposé pour vous recevoir. Je suis ici en garçon. Veuillez entrer, je vais donner quelques ordres. Il y a ici quelques-uns de mes gens qui ne sont pas du service secret ; il est inutile qu'ils vous voient.

Il avait dit cela d'un ton si naturel, que madame de B.... ne conçut aucun soupçon. Elle se laissa guider dans un appartement qui n'était pas celui où elle se souvenait d'être déjà venue. Elle ne put, malgré la confiance qui était reve-

nue, s'empêcher d'en faire l'observation.

— Mon tapissier est aussi le vôtre, dit
le comte négligemment; s'il vous est
égal qu'il vous voie, nous pourrons aller
dans l'appartement dont vous parlez.

La princesse lui serra la main comme
pour lui demander pardon, et le comte
eut l'effronterie de lui dire :

— Il n'y a pas de quoi !

Il la laissa, et retourna vers la duchesse.

— C'est la princesse, lui dit il; le hasard seul l'a conduite ici. Je lui ai fait
une histoire de tapissier qu'elle a assez
bien prise. Mais que faire?

— Choisissez, dit madame de C....—
T..... en prenant son mantelet. Si je sors
d'ici à présent, je n'y rentrerai jamais.

Le comte trouva assez gai de pousser

l'aventure jusqu'au bout, et, faisant ras
seoir la duchesse :

— Restez, lui dit-il, je vais la renvoyer. Peut-être exigera-t-elle que je la
reconduise : je ne puis m'y refuser.

— Allez donc, dit la duchesse. Je vous
donne une heure et demie.

Le comte lui baisa la main et sortit,
sans oublier de s'assurer de sa discrétion
par un double tour de clé.

Il alla rejoindre la princesse, et se pé-
nétra si bien du rôle qu'il avait à jouer,
qu'elle n'eût pas voulu croire qu'il avait
passé près de trois heures avec Catalina,
si on était venu le lui dire.

Vers deux heures du matin, le comte,
jugeant que la duchesse devait s'impa-
tienter, et résolu de mener à fin ce qu'il
avait entrepris, s'adressa tout-à-coup à

madame de B....., et lui dit d'un ton
patelin :

— Ma chère, êtes-vous jalouse?

— Comme une Espagnole, dit la princesse.

Le comte sourit de l'à-propos. Il reprit :

— Le seriez-vous de madame de C.....
— T.....?

— D'elle comme d'une autre. Pourquoi cette question?

— Que diriez-vous si vous saviez qu'elle
est ici?

— Ici! dit la princesse en bondissant,
et que fait-elle ici?

— Ce que vous y faites, sans doute,
dit le comte, que cette réponse ambigue
mettait à couvert.

— Vous jouez-vous de moi, monsieur
le comte? s'écria madame de B.....

— Vous ne pouvez le croire. Si madame de C..... — T..... fait ici ce que vous y faites, à coup sûr ce n'est pas avec moi, puisque je suis auprès de vous.

Madame de B..... se laissa tomber à la renverse, en éclatant de rire.

— Bah! dit-elle, Célestine!!! et quel est le fortuné mortel.....

— Je ne puis vous le dire, dit M. de Ségur: j'ai donné ma parole; mais ce qu'il y a de plus désagréable dans tout ceci, c'est que pour des raisons que je ne puis dire non plus, elle n'a pu s'éloigner avec la personne qui a passé la soirée avec elle, et que j'ai également donné ma parole de la reconduire chez elle dans mon carrosse à deux heures, et il est deux heures.

— Pauvre Ségur, dit madame de B.....,

qui eût été jalouse de la vierge Marie
plutôt que de madame de C....., — T.....,
et qui, d'ailleurs, se croyait bien en sû-
reté par l'empressement que le comte
avait mis à dissiper les doutes qu'elle eût
pu conserver, — quelle corvée!

— Il le faut, cependant, dit M. de
Ségur avec un soupir.

— Vous allez nous reconduire ensemble, dit la princesse.

— Y pensez-vous? C'est impossible;
car, puisqu'il faut vous le dire, vous êtes
la première exceptée de la confidence.

— C'est peut-être M. de B....., dit la
princesse en riant de plus belle.

— Ce sera quelque chose comme cela,
dit M. de Ségur, en mêlant malgré lui
ses éclats de rire à ceux de la belle mys-
tifiée.

Il quitta la princesse, non sans qu'elle

le plaignit de toutes ses forces, et s'éloigna, non sans s'être assuré d'elle comme
des deux autres par l'inévitable tour de
clé.

Il fit rouler sa voiture devant la porte;
et comme le bruit d'une voiture qui part
et celui d'une voiture qui arrive se res-
semblent à s'y méprendre, les deux
amies, en entendant le son des roues
sur le pavé, crurent, l'une que c'était le
comte qui emmenait la duchesse, l'autre
que c'était le comte qui revenait après
avoir reconduit madame de B.....

— Vous avez été bien longtemps, dit
madame de C..... — T....., aviez-vous
donc oublié que je vous attendais?

— Elle m'a fait une scène horrible, dit
le comte d'un air pénétré; j'ai cru que
je n'en sortirais pas.

— Pauvre ami ! fit la duchesse ; mon amour vous dédommagera.

Heureusement, la duchesse était la plus jeune et la plus jolie des trois femmes à qui M. de Ségur avait été obligé de tenir tête pendant cette nuit mémorable. Il se piqua d'honneur, et fut plus charmant et plus aimable qu'il ne l'avait jamais été. Madame de C..... — T..... avait craint un instant que la princesse n'eût essayé un raccommodement ; elle ne conserva plus bientôt aucune jalousie. Il n'y a que la foi qui sauve.

Le plus difficile était fait ; la fin allait toute seule : Catalina fut mise à la porte sans façons, avec cinquante ou cent louis, plus ou moins. Un petit mot, remis à madame de B....., par le valet de chambre ordinaire, confident des secrets de la petite maison, lui apprit à son réveil que le comte, revenu deux heures après l'avoir quittée, n'avait pas voulu la troubler, et était retourné chez lui. Elle s'éloigna avec les précautions d'usage. Quant à madame de C... — T..., le comte lui persuada qu'elle aurait tort de le forcer à rompre avec la princesse.

— Elle est déjà jalouse de vous ; elle nous aurait bientôt dépistés. Ne m'a-t-elle pas jeté au nez hier, quand j'y pensais le moins, que vous étiez peut-être à l'heure qu'il était dans ma petite maison, et que ce pourrait bien être pour demeurer avec vous, que je l'avais éconduite. J'ai eu toutes les frayeurs du monde, et je ne jurerais pas qu'elle ne vous en touche un mot.

Enfin, tout se passa le mieux du monde ; le comte continua à rendre des soins aux deux amies, sans que madame

de B..... eût le moindre soupçon, et elle
se donna mille fois au diable pour deviner quel pouvait être l'homme de la cour
qui avait été le partner de la duchesse
le jour où ce pauvre Ségur avait été
obligé, pour la reconduire, de s'en aller
trotter par le froid et la pluie.

— C'est pour moi qu'il l'a fait, ajou-
tait-elle naïvement dans sa pensée; si
elle n'eût pas été mon amie, il ne m'eût
point plantée là pour faire une pareille
corvée.

Et elle n'en aimait que mieux le perfide.

Décidément, il n'y a que la foi qui
sauve.

IV.

Tout le monde n'a pas le bonheur de se tirer d'une triple intrigue avec autant de succès que M. de Ségur. Quelque soit le mérite d'un homme, il peut souvent lui arriver de se trouver par terre entre

deux ou plusieurs selles. C'est ce qui arriva à un gentilhomme de la plus grande
distinction, à peu près à la même époque
que celle où eut lieu l'anecdote dont j'ai
parlé plus haut. Ce gentilhomme était
M. de Pardaillan ; il avait un des
plus grands noms de France, une fortune
suffisante, une belle charge à la cour,
une figure charmante, et beaucoup d'esprit. C'était plus qu'il n'en fallait pour
être assuré de nombreux et constans
succès. En effet, M. de Pardaillan était
cité parmi les hommes à bonnes fortunes
de ce temps-là, et, comme Don Juan, il
eût pu faire une longue liste des femmes
dont la défaite avait contribué à le mettre en réputation.

Il y avait alors à la cour trois femmes
célèbres par leur beauté, et que l'on n'accusait généralement pas d'être insensi-

bles. Malgré leur mérite et leur disposition à la galanterie, elles ne faisaient
point partie de la liste de M. de Pardaillan, soit qu'il ne les eût jamais trouvées
libres dans les momens où il l'était lui-
même, soit pour toute autre raison
indépendante de la bonne volonté
de ces dames et de la sienne. Il s'avisa
un beau jour de se trouver honteux de
n'avoir pas encore ajouté à ses conquêtes
celle de ces charmantes personnes, et il
résolut de réparer le temps perdu. Mal-
heureusement il eut trop de confiance
en son étoile, car celle qu'il avait en son
mérite n'était point exagérée. Il se mit
donc à courir à la fois ces trois lièvres
en dépit du proverbe, qui défend même
d'en courir deux.

Les lièvres étaient la comtesse du R...,
la présidente de B..., sa cousine, et la

comtesse de P... Elles se trouvaient toutes les trois en disponibilité, et M. de
Pardaillan, qui devait connaître l'histoire
de M. de Ségur, voulut peut-être prouver
qu'il n'était pas inférieur en courage et
en savoir faire au jeune débutant dans
la carrière où il avait déjà eu de si beaux
triomphes. Il est bien probable que si,
comme Horace, il eût attaqué ses belles
ennemies séparément, il eût remporté une
facile victoire. Mais il n'eut pas lieu d'être
très satisfait de l'idée un peu ambitieuse
qu'il avait conçue.

Ce fut par la Présidente qu'il commença l'attaque ; d'abord, il eut lieu de
croire que tout irait au gré de ses sou-
haits. Mais à peine eut-il quelque assurance de la part de madame de B.., qu'il
dirigea ses batteries sur la comtesse du
R..., qui ne le reçut pas plus mal que la

Présidente, et qui eut même l'obligeance
de lui faire quelques reproches indirects
sur le temps qu'il avait mis à se décider
à une démarche, dont le succès avait
dû lui paraître certain. Comme chez
madame de B... on lui donna tout lieu
de croire que l'on ne lui ferait pas attendre le prix de ses hommages aussi
longtemps que l'on avait attendu les
hommages eux-mêmes, et il paraît même que, sans une circonstance tout-à-fait
en dehors des prévisions de l'un et de
l'autre, madame de R... commençait à
justifier l'assurance de M. de Pardaillan.
On se promit de réparer ce contre-temps,
et le conquérant marcha contre la comtesse de P...

Celle-ci parut moins fière que ses deux
amies de l'honneur que voulait bien lui
faire M. de Pardaillan de s'occuper d'elle.

Soit qu'elle eût déjà eu vent de sa double démarche près de mesdames de B.. et de R..., soit qu'elle trouvât que M. de Pardaillan s'avisait bien tard de songer qu'elle pût mériter ses soins, elle reçut d'une manière assez peu encourageante la déclaration de ses sentimens. M. de Pardaillan se piqua au jeu, et jura qu'elle succomberait la première. Le destin en avait ordonné autrement. Ce n'était pas à ce front si souvent victorieux que cette fois la victoire était réservée.

Le lendemain du jour que M. de Pardaillan avait consacré à sa triple attaque, les trois femmes qui étaient fort liées, se trouvèrent ensemble chez madame de P... madame de R..., qui était la plus disposée à succomber, se mit tout d'abord à parler de M. de Pardaillan d'une

manière qui ne pouvait manquer d'é-
veiller l'attention des deux autres.

— Eh! ma chère, lui dit madame de
P..., comme vous parlez de lui, on dirait
qu'il vous tient au cœur.

— Ma foi, dit madame de R..., on pourrait plus mal choisir.

— Mais il ne suffit pas toujours de choisir,
dit la Présidente; vous savez que M. de
Pardaillan est rarement libre de son cœur
et de sa personne.

— Oh! quant à cela, dit madame de R...
avec un sourire, j'ai la présomption de
croire que si je le voulais bien...

— Vous pourriez vous tromper, dit la
Présidente; croyez-moi, en amie, c'est un
conseil que je vous donne, ne vous aven-
turez pas dans ce moment-ci, vous en
seriez pour vos frais.

— Oh! dit madame de P..., qui, ayant

mis plus de réserve que ses deux amies
dans la manière dont elle avait accueilli
le beau Lovelace, ne prenait pas autant
qu'elles à cœur la question de savoir s'il
était disponible, il serait assez curieux
que ce que je pense fût la vérité.

Elle avouà alors à ses amies, que la
veille, M. de Pardaillan lui avait tenu
les plus tendres propos, et qu'il n'eût tenu
qu'à elle de faire de lui son serviteur.

Ces deux dames, un peu confuses, ren-
dirent à madame de P... confidence pour
confidence, et il ne leur fut plus possible
de douter qu'elles eussent été destinées
par M. de Pardaillan, à composer, à elle
trois, un trophée assez agréable pour un
séducteur.

Elles résolurent de se venger, et il fut
convenu quê madame de P..., qui était

la plus forte tête de la troupe, dirigerait
les opérations.

Elles continuèrent donc pendant quelques jours à donner à M. de Pardaillan,
chacune de leur côté, les plus engagean-
tes espérances; mais la chose n'allait pas
plus loin. Il n'était pas accoutumé à tant
de résistance, et il allait quitter la partie,
plaignant de bonne foi ces pauvres femmes, plus qu'il ne se plaignait lui-même,
lorsqu'il reçut un billet de la comtesse
de P... qui l'engageait à souper pour le
soir même ; et, ce qui avait ranimé l'espoir de M. de Pardaillan , elle avait
ajouté à la fin de sa lettre : « nous n'aurons pas d'importuns. »

Lorsqu'il arriva, à l'heure dite, il ne
fut pas médiocrement surpris de trouver
mesdames de B... et de R... dans le boudoir de la comtesse. Celle-ci, craignant

qu'il ne soupçonnât quelque chose, le prit à part, et lui dit :

— Elles me sont tombées à l'improviste me demandant à souper; je n'ai pu m'en débarrasser. J'en suis plus fâchée que vous ne pouvez l'être.

Madame de P... était excellente comédienne; elle dit cela d'un air si vrai et si affligé, que M. de Pardaillan n'eut pas la moindre méfiance, et se consola, en pensant que ce n'était que partie remise.

On se mit à table. Le souper fut très gai. Madame de P... était une femme de beaucoup d'esprit, madame de R... avait une grâce et une délicatesse qui lui tenaient lieu de ce qui lui manquait d'un autre côté, et la Présidente, qui d'ailleurs n'était point sotte, avait une petite manière langoureuse de dire les plus grandes

drôleries, que ce trio était tout ce qu'on
pouvait voir de plus aimable.

Vers la fin du souper, la comtesse de
P... fit tomber la conversation sur l'his-
toire de M. de Ségur, et s'adressant à
M. de Pardaillan.

Que pensez-vous de cela? lui dit-
elle à brûle-pourpoint. A-t-il agi en galant homme?

— Ma foi, oui, dit M. de Pardaillan; pas
une de ces femmes, pas même la fille
Espagnole, n'a su qu'elle était trompée,
c'est tout ce que peut faire un homme
d'honneur.

— Ce n'est pas mon avis, dit madame de
P... La première qualité d'un homme
bien né, doit être la sincérité.

— Ne vouliez-vous pas, dit M. de Pardaillan, qu'il dit à la princesse : je vous
donne deux heures, après quoi, j'irai

achever ma nuit avec madame de C.....- T..., et à celle-ci : j'ai passé le temps qui s'est écoulé depuis que je vous ai quittée, à deux pas de vous, auprès de madame de B...?

— Oui, dit madame de P..., elles auraient su du moins à quoi s'en tenir.

— Il aurait même pu les réunir dans la même chambre, et ne pas se donner la peine de se déranger, dit en riant M. de Pardaillan ; c'eût été encore plus sincère.

— Si elles avaient eu l'esprit de bien prendre la chose, dit madame de P... avec intention, je ne vois pas pourquoi cela n'eût pas eu lieu.

— Entre amies, dit d'une voix flûtée la Présidente, cela se fait très bien.

M. de Pardaillan vit, ou qu'il était joué, ou que les trois amies avaient émis une pensée un peu plus hardie que ce

qu'il eût osé jamais imaginer lui-même.
Il se tint donc sur ses gardes et se contenta de dire négligemment.

— Il est de fait que Ségur se fût infiniment plus diverti de cette manière.

— Qu'auriez-vous fait à sa place? dit
madame de R...

— Ma foi, je n'en sais rien, dit M. de
Pardaillan ; ce sont des choses dont on
ne peut se rendre compte que lorsque
l'on y est.

— Mais si vous y étiez, dit madame de
P.....?

— Je ne sais pas, je vous le répète ;
on ne s'inspire en pareil cas que de l'occasion.

—Faites comme si vous y étiez, dit
la Présidente sans avoir l'air d'attacher
d'importance à cette parole.

M, de Pardaillan promena un regard

perçant sur les trois femmes afin de s'assurer si on ne le provoquait point pour
tirer ensuite parti contre lui de sa réponse.

Madame de P..... feignit de venir à
son secours.

— Ce pauvre M. de Pardaillan, dit-
elle, ne sait pas si nous nous moquons
de lui ou si nous parlons sérieusement.
Il faut bien le mettre à son aise. Et d'a-
bord, continua-t-elle en s'adressant directement à son convive avec un gracieux sourire, si je ne vous demande
point pardon, mon cher vicomte, du
petit piége que je vous ai tendu, c'est
que je suis sûre que vous allez m'en re-
mercier. Ecoutez-moi donc, et ne m'in-
terrompez point.

M. de Pardaillan s'inclina en signe
d'obéissance, se réservant de prendre le

parti que lui suggérerait le reste du discours de la comtesse.

Celle-ci reprit en ces termes :

— Je n'admets pas les dénégations, je
vous en préviens. Vous nous faites la
cour à toutes les trois; nous n'avons pas
de secrets les unes pour les autres. Nous
aurions pu nous fâcher, mais nous avons
trouvé que vous valiez bien la peine
que l'on vous pardonnât ce partage tant
soit peu impertinent, et que, puisque
nous étions surnommées les inséparables,
il ne fallait pas plus nous brouiller pour
cela que renoncer au plaisir d'avoir pour
serviteur un des plus aimables gentilshommes de la cour.

M. de Pardaillan s'inclina de nouveau
en silence, et se contenta de sourire d'un
air modeste.

— Ce matin, continua madame de

P....., la comtesse et la Présidente sont venues chez moi, et, en parlant de M. de Ségur, il a été dit que vous n'auriez pas agi comme lui. Une de nous, vous n'avez pas besoin de savoir laquelle, a soutenu que vous auriez été homme à recevoir toutes ces dames à la fois. La discussion s'est engagée : j'ai proposé de vous faire prononcer vous-même. La partie a été arrangée, vous êtes venu : vous savez de quoi il s'agit. Prononcez-vous donc, afin que nous sachions qui de nous trois a gagné la gageure.

M. de Pardaillan prit la chose comme elle lui était présentée. Il crut avoir affaire à des femmes qui recherchaient plutôt la débauche que l'amour; il n'essaya donc pas de se défendre du reproche, qui ne lui était même pas adressé bien sévèrement, d'avoir tenté de tromper ces dames. Il ne vit qu'une bonne aubaine que lui envoyait son étoile. Toutefois il prit ses précautions.

— Si c'est une simple question à résoudre théoriquement, dit-il, je répète ce que j'ai dit : je ne saurais le faire avec assurance. Mais s'il s'agit de décider la question par les faits, je suis tout prêt à vous dire mon opinion et à la mettre en pratique.

— Il me semble, dit la maîtresse de la maison, que l'on vous en a dit assez pour que vous sachiez à quoi vous en tenir à cet égard.

— Alors, dit M. de Paillardan, en qui l'esprit de don Juan se réveillait, excité par ces avances de trois des plus jolies femmes de la cour, permettez-moi de vous dire qu'il y a longtemps que nous avons fini de souper, et que je m'expliquerais mieux dans votre boudoir.

Il se leva à ces mots : la comtesse en fit autant, et, lui prenant la main d'une façon assez tendre :

— Vous comprenez, lui dit-elle, que ce n'est pas ici que nous pouvons donner suite à une pareille folie. Les valets sont debout; laissez-nous donc, demain vous saurez ce que vous aurez à faire.

M. de Pardaillan murmura bien quelque peù de ce nouveau retard, qu'il ne put cependant s'empêcher de reconnaître nécessaire. Il demanda à chacune des trois amies un baiser qui lui fut accordé d'assez bonne grace, en témoignage de ce qu'on ne lui en voulait pas de sa triple témérité, et il rentra chez lui en caressant dans son imagination la pensée

de la charmante soirée qu'on lui préparait.

Le lendemain, madame de P... le
manda chez elle dans l'après midi. Il la
trouva seule dans son boudoir.

— Nous avons songé à notre projet, lui
dit-elle avec un sang-froid qui eût fait
honneur au vicomte lui-même en traitant
une pareille question, et voici ce qui a
été arrêté. Ce soir, une voiture que je
vous enverrai vous conduira en un lieu
où nous serons en toute liberté. Vous
nous trouverez au rendez-vous toutes les
trois; seulement, il ne faudra pas que
vous vous fâchiez d'une petite condition
que nous mettons à l'exécution de notre
projet. En y réfléchissant, nous avons été
effrayées de penser que nous allions nous
trouver ainsi toutes les trois à votre disposition. Il faut que vous consentiez à

ce que, dans les premiers instans, nous éteignions les lumières dans la chambre où nous passerons tous quatre la soirée. Y consentez-vous?

Je suis à vos ordres, dit le vicomte, à qui cette proposition causait un vif plaisir, parce qu'elle semblait lui promettre un laisser-aller qui eût peut-être reculé devant la clarté des bougies.

— Soyez donc prêt à huit heures, dit la comtesse; maintenant n'en parlons plus, à ce soir.

L'heure tant désirée arriva enfin. La voiture annoncée s'arrêta à la porte du vicomte; il y monta; les stores étaient baissés et soigneusement arrêtés. Il ne put donc voir le chemin qu'on lui faisait prendre. Tant de précautions ne l'étonnèrent pas, ce qui se préparait ayant un peu plus d'importance qu'au rendez-vous ordinaire. Au bout d'un quart-d'heure, le vicomte était arrivé. Il descendit de voiture dans une cour entourée de hautes murailles ; la femme de chambre de la comtesse de P..... le reçut au bas de l'escalier et l'introduisit dans un appartement de la plus grande élégance.

Il y trouva les trois amies. Le vicomte ne put s'empêcher de frissonner en remarquant qu'elles avaient l'air aussi à leur aise que si elles eussent attendu leur directeur pour une conférence pieuse. Après l'échange de quelques paroles assez insignifiantes, madame de P..... se leva, ainsi que ses deux compagnes, et, prenant un air de circonstance :

— Vous permettez que nous vous laissions un instant, dit-elle à M. de Par-

daillan ; nous revenons dans un quart-
d'heure.

M. de Pardaillan comprit qu'elles allaient se mettre sous les armes, et les
laissa sortir sans murmurer.

Il y avait quelques minutes que ces
dames l'avaient quitté, lorsqu'une tapisserie se leva et laissa voir la tête de
madame de P....., qui dit à M. de Pardaillan :

— Vicomte, voulez-vous être assez bon
pour éteindre les bougies ?

Le vicomte s'empressa d'obéir, non
sans jeter un regard du côté de la tapisserie, et il aperçut distinctement les trois
amies dans un costume parfaitement analogue au rôle qu'elles allaient jouer,
L'heureux vicomte ne se sentait pas de
joie.

Dès que les bougies furent éteintes ,

M. de Pardaillan se trouva dans une obscurité des plus complètes. La pièce où il se trouvait était chauffée par des bouches de chaleur. Il ne pouvait même pas compter sur la clarté douteuse d'une cheminée ; de doubles volets garnissaient les fenêtres. Il fallut donc renoncer au plaisir que la vue de trois jolies femmes pouvait lui promettre, même dans la demi-teinte la plus effacée. Il faisait noir comme dans un four. Il entendit cependant la tapisserie se relever, et retomber après avoir laissé passer les trois aimables personnes.

On ne s'attend pas à ce que je donne des détails de ce qui se passa. Je laisse M. de Pardaillan se tirer vaillamment du triple combat qu'il livre dans l'ombre, et je profite de l'occupation qu'on lui donne pour dépeindre en peu de mots les trois femmes à qui il avait affaire.

La comtesse de P..... était grande, mince, quoique douée de formes d'une grande richesse. Elle avait une profusion de cheveux noirs, et des sourcils fortement arqués, et le léger duvet dont s'ombrageait sa lèvre supérieure accusait une nature toute puissante, et promettait une magnifique possession.

La comtesse de R..... était blanche comme du lait : ses yeux étaient d'une couleur assez incertaine, qui s'harmonisait très bien avec l'expression de son visage, dont le mérite était plutôt dans la grâce que dans la pureté des lignes. Elle était d'un châtain foncé, assez grande de taille et flexible comme un jonc. On aurait pu lui demander un peu plus d'embonpoint ; mais, à tout prendre, elle n'en manquait pas assez pour ne pas être très désirable.

La présidente de B..... était petite, blonde, grasse, rose et blanche ; c'eût été la plus appétissante grisette qu'on eût pu imaginer, si elle n'eût eu de grands airs langoureux dont elle croyait devoir couvrir ce que son genre de beauté pouvait avoir de peu distingué. Deux choses cependant sauvaient en elle le commun plus que ses grands airs : c'était le son de sa voix, et les plus jolis pieds et les plus jolies mains du monde.

M. de Pardaillan, privé de ses yeux, ne laissa pas de reconnaître toutes ces marques distinctives avec l'habileté d'un antiquaire qui reconnaît une médaille au simple toucher. Les antiquaires prétendent qu'au fond des entrailles de la terre on ne les tromperait pas sur l'authenticité d'une médaille. Ils se vantent, m'a-t-on assuré.

Tout à son bonheur, M. de Pardaillan ne se donna même pas la peine de chercher à s'assurer de l'authenticité des médailles que sa bonne étoile lui envoyait. Il se contenta de profiter de l'occasion, et il est vrai de dire qu'il ne perdait pas une minute.

Minuit venait de sonner. M. de Pardaillan tressaillit tout-à-coup : on avait frappé à la porte.

— Qu'est-ce que cela ? dit le vicomte.

La personne à qui il parlait ne répondit pas ; mais à travers la porte on lui demanda s'il voulait venir souper.

— On dirait entendre votre voix, dit-il à la femme dont il tenait la main en ce moment, et dont la forme se traduisait pour lui par madame de P...?

— Vicomte, crièrent trois voix qu'il reconnut à ne pas s'y méprendre pour celles de ces trois dames, n'avez-vous pas faim? nous allons souper.

Le vicomte resta pétrifié.

— Que veut dire ceci, dit-il en se levant; qu'on m'apporte de la lumière.

La tapisserie se leva, et il vit madame de P... qui lui passait un flambeau en détournant la tête, comme pour ne point voir dans l'intérieur de la chambre.

M. de Pardaillan fut foudroyé. A la lueur du flambeau il vit trois femmes que, dans l'ombre, on pouvait prendre pour les trois amies, tant on les avait assorties avec soin, et qu'au premier coup-d'œil il reconnut pour des filles. Le tour était sanglant. Il dédaigna d'adresser une parole de reproche à ces malheureuses, qui avaient après tout loyalement gagné leur

argent. Mais il s'approcha de la tapisserie, la souleva, et dit d'une voix altérée
par la colère, à travers une porte qu'il
trouva de l'autre côté, et qu'il n'avait
pas même entendu refermer :

— Je me vengerai ! je le jure !

Un petit papier roulé glissa à travers
le trou de la serrure ; il le saisit et lut ce
qui suit :

« Si vous êtes sage, vous ne direz mot.
» On vous donne parole de ne pas racon-
» ter la chose si vous promettez d'être
» plus modeste à l'avenir, et de vous te-
» nir tranquille. Sur votre promesse vous
» allez être libre. Vous serez introduit
» par un corridor sûr en un lieu où bonne
» compagnie sera très-aise de vous voir.
» Si vous refusez de donner votre parole,
» attendez-vous à un esclandre. »

M. de Pardaillan, qui ne pouvait se dissimuler qu'il avait des torts envers ces dames, prit son parti en homme d'esprit.

— Je donne la parole que l'on me demande, dit-il à travers la porte.

Aussitôt une autre porte s'ouvrit; un valet de chambre, qu'il reconnut pour l'homme de confiance de madame de R..., se présenta pour lui offrir ses services, et le guida ensuite à travers un corridor obscur.

— M. le vicomte ne sait peut-être pas où il est, dit le conducteur de M. de Pardaillan?

— Non, dit le vicomte, puis-je le savoir?

— A l'hôtel de P....., dit le valet de chambre. Il y a trente personnes à souper. Je vais annoncer M. le vicomte.

M. de Pardaillan se remit en un instant. On l'annonça, il fit son entrée avec l'aisance d'un homme qui sortirait du bain. Les trois amies le regardèrent avec quelque curiosité, et cette inspection fut suivie d'une certaine rougeur que le vicomte put traduire comme bon lui sembla. Il fut plus aimable encore qu'à l'ordinaire, et ces dames purent du moins être assurées que le vicomte ne le cédait en rien à M. de Ségur sous certains rapports.

La présidente de B..... et madame de R..... se reprochèrent sans doute d'avoir prêté les mains à cette mystification; car elles furent à même, quelque temps après, à des époques différentes, de connaître tout le mérite de M. de Pardaillan. Quant à madame de P....., elle persista dans sa rancune, ainsi que le vicomte dans celle qu'il lui voua, comme à la principale agente dans la mystification. Ils

vécurent sur un bon pied en apparence,
mais il était facile de voir qu'ils étaient
ce qu'on appelle en délicatesse.

V

J'ai si souvent entendu raconter l'histoire que l'on va lire au fils de l'un des acteurs de ce petit drame, je me suis tellement identifié depuis mon enfance avec tous les détails que je vais rappor-

ter, qu'il me semble, en le retrouvant
dans les notes que j'ai prises dès les premiers temps où j'ai médité la publication
que je livre aujourd'hui au public, que
c'est un fait qui m'est personnel ou du
moins dont j'ai été témoin. Il est vraisem-
blable que bien des personnes connaissent
de longue date cette anecdote; mais comme j'ai lu à peu près tout ce qui a été écrit
sur le dernier siècle et celui-ci, et que
je ne la retrouve nulle part, je crois
qu'elle ne sera pas déplacée dans un livre qui est, dans la pensée de son auteur, l'histoire, ou tout au moins une
tentative d'histoire, de la galanterie, depuis le milieu du dix-huitième siècle
jusqu'à nos jours. Je ne crois pas non
plus sortir des limites que je me suis tra-
cées, en racontant une histoire qui s'est
passée, non pas à Paris, mais dans un

château habité par des membres de la haute aristocratie, c'est-à-dire par les hôtes ordinaires des boudoirs.

« Rome n'est plus dans Rome, elle est toute où je suis! »

Le boudoir monte dans la chaise de poste de celle qui y règne, la suit dans sa *villeggiatura*, et ne rentre à Paris qu'avec elle. Suivons donc les héros du boudoir qui va nous occuper dans une belle terre du Bourbonnais, où ils sont allés passer l'été.

Encore un mot avant de commencer. Les histoires du genre dit *dramatique* seront, par la nature même du sujet que je traite, très clair-semées dans cet ouvrage. Assez d'autres feront pleurer les belles lectrices qui daignent lire les productions que chaque jour voit naître : de la part de celles qui voudront bien tourner ces pages, j'attache plus de prix à un sourire qu'à une larme.

Au mois d'octobre 1768, il y avait au château de M., dans le Bourbonnais, entre autres hôtes venus de Paris pour l'époque de la chasse, un jeune Irlandais nommé sir John Mac-Donnell. Il était catholique, comme la majeure partie des Irlandais, et avait été destiné à entrer dans les ordres, étant le dernier de quatre fils, d'une famille dont la fortune était médiocre. Mais ses trois frères étant morts presque simultanément pendant qu'il était encore au séminaire, son père l'avait rappelé près de lui, et, au grand contentement du jeune homme, il avait été décidé qu'il ne serait point ecclésiastique. Sir Daniel Mac-Donnell, le père de sir John, n'avait pas tardé à suivre ses trois fils aînés, et à vingt-huit ans, sir John s'était trouvé possesseur d'une fortune que sa qualité de cadet ne lui aurait jamais permis d'espérer, et qui, par la mort de ses frères, dont l'un entre autres, était héritier d'une tante qui l'avait toujours préféré, se trouvait assez considérable.

Le caractère du jeune Mac-Donnell s'était ressenti des vicissitudes par où il avait déjà passé. Quand, au sortir de l'université, son père lui avait déclaré qu'il voulait qu'il entrât dans les ordres, il avait obéi avec respect, mais avec une répugnance positive. Il avait naturellement le goût du luxe et de la dépense; l'état qu'il embrassait, et sa position de fortune lui imposaient l'obligation de renoncer à le satisfaire. Il eût aimé le monde, le commerce des femmes, les voyages. Le pauvre prêtre Irlandais de-

1.   12

vait dire adieu au monde et aux femmes,
et se résigner à passer sa vie dans un humble et triste presbytère, consacrant son
temps aux soins de ses ouailles, et le faible produit de ses émolumens à soulager
la misère si commune dans ce malheureux
pays. Tout-à-coup il s'était vu arraché à
cette triste destinée, mais il devait ce changement de position à la mort rapprochée
de trois frères qu'il aimait tendrement, et
de son père qui, pour lui, était l'objet d'un
culte. Il était résulté de tout cela que sir
John Mac-Donnell était d'un caractère
sombre et mélancolique ; il était difficile
de parfaitement se rendre compte de ce
qui se passait en lui ; il avait l'air de jouir
avec ardeur des biens dont il avait la disposition, et en même temps, il semblait que
dans ses regards on eût pu lire un reproche perpétuel contre la Providence, qui

ne les lui avait donnés qu'en les lui vendant au prix de tant de larmes. D'ordinaire, il parlait peu : mais il n'était pas rare de l'entendre lancer une sombre sentence, sans que rien motivât une pareille exclamation. Il était, du reste, remarquablement beau ; ses yeux noirs brillaient d'un éclat extraordinaire, et l'étrangeté de ses manières prêtait peut-être un charme de plus à l'ensemble de sa personne.

Il n'en fallait pas tant pour que sir John Mac-Donnell fût accueilli avec toute sorte d'empressement à Paris. En général, il faut qu'un étranger soit un grand malotru pour que nous ne le recevions pas à bras ouverts. Sir John fut fêté, couru, choyé, et il ne tint qu'à lui d'en savoir bientôt sur les boudoirs de Paris, autant que les hommes les plus à la mode de ce temps là. Il devint lui-même tellement à la mode, que c'était une bonne fortune pour une châtelaine, que la promesse de sir John de venir passer quelques jours chez elle dans la belle saison. Aux gens que l'on invitait à venir à l'époque de la chasse, on disait, pour les décider : nous avons sir John Mac-Donnell.

A l'époque où s'est passée l'histoire que je raconte, en 1768, il y avait deux ans que sir John était en France, et il avait tenu à la baronne de M..... la promesse qu'il lui avait faite d'aller passer le mois d'octobre dans le Bourbonnais.

Quoique les Français, et surtout les Françaises, eussent traité sir John de manière à lui faire voir que la vie a son bon côté, il semblait que chaque jour augmentait son humeur noire, et, contrairement à ses compatriotes, qui ont d'ordinaire le spleen en rentrant chez eux après un séjour sur le continent, il paraissait tomber de plus en plus dans cette triste disposition d'esprit depuis qu'il avait quitté l'Angleterre pour la France. D'après les conséquences que l'on pouvait tirer de ses discours et de sa conduite, ce n'était pas un amour laissé derrière lui qui était la cause de cette mélancolie. Les Français, qui s'accommodent de tout, après s'en être occupés pendant huit jours comme s'il se fût agi d'un secret d'état, se contentèrent de dire : C'est un original. L'explication fut trouvée très satisfaisante, et désormais sir John put être triste tout à son aise : personne ne s'en inquiéta plus, et il se fût brûlé la cervelle en plein midi dans le jardin des Tuileries, qu'on se fût borné à dire :

— C'était un original.

Sir ·John arriva donc avec son originalité au château de la baronne de M.... vers le commencement du mois d'octobre. Il y avait alors à M.... une douzaine de visiteurs des deux sexes. Parmi les hommes on remarquait Saint-Lambert, et parmi les femmes la marquise de P..... Saint-Lambert, qui n'était plus jeune, mais qui était un des plus aimables hommes qui se pût voir, se permettait en Bourbonnais une infidélité à ces amours qui ont tant désolé le pauvre Jean-Jacques, et faisait à la marquise de P....., une cour assez assidue, qui n'était pas trop mal accueillie.

La marquise était parfaitement belle; son esprit, passablement orné, avait surtout un grand charme de distinction. Quoiqu'il y eût au château de jolies

femmes et des hommes de mérite sous
tous les rapports, rien n'était plus naturel que de voir un homme comme Saint-
Lambert et une femme comme madame
de P..... se distinguer mutuellement, et
s'isoler dans le charme d'une liaison plus
ou moins intime. L'arrivée de sir John
Mac-Donnell vint déranger l'harmonie de
cet arrangement accepté de tout le
monde.

Il y avait quinze jours que sir John
était à M. Une nuit, à deux heures du
matin, la marquise entendit ouvrir sa
porte, et à la clarté de la lampe de nuit
qui brûlait sur la cheminée, elle vit, à sa
grande surprise, la pâle figure de l'Irlandais qui s'avançait vers elle avec autant
d'aisance que s'il eût été deux heures
après-midi.

Lorsque j'ai dit que l'arrivée de sir

John avait troublé les amours de Saint-
Lambert et de la marquise, je n'ai pas
voulu dire que l'étranger eût fait la cour
à madame de P....., mais elle battit
froid au poète, et il n'y avait pas huit
jours que l'Irlandais était à M., que tout
le monde, y compris Saint-Lambert, s'é-
tait aperçu que la belle marquise était
folle de sir John. Lui seul ne semblait
pas s'en être aperçu.

Madame de P....., qui s'était, en effet,
éprise du beau ténébreux, et qui commençait, en femme peu accoutumée à un
pareil résultat, à regretter les avances
qu'elle avait faites en pure perte, ne
fut pas, comme on le pense bien, médiocrement surprise de la singulière démarche de sir John. Il lui sembla que
cette manière d'arriver chez elle, sans

façon, à une heure aussi indue, voulait dire :

— J'ai bien vu que vous étiez amoureuse de moi; j'ai eu l'air d'abord de ne pas faire attention à vous, mais puisque vous y tenez, me voilà! je ne veux pas vous faire mourir de chagrin.

Sa fierté se révolta de cette pitié qu'elle croyait inspirer à cet homme. Elle se leva sur son séant, et d'un ton où la colère n'était point feinte :

—Sortez, monsieur, dit-elle, où je vais appeler.

Sir John, conservant son flegme habituel, ne parut pas faire attention à ce que disait la marquise; il ferma la porte tranquillement, alluma les bougies avec un sang-froid inouï, et s'avançant vers le lit de la marquise :

— Madame, lui dit-il, j'ai à vous parler.

La marquise se demanda si elle devait sonner pour faire jeter dehors cet impertinent visiteur, ou si elle l'écouterait. Elle jeta un coup-d'œil sur sir John ; il n'avait rien perdu de son sang-froid ; cependant elle crut ne plus remarquer dans son regard cette indifférence qui, depuis huit jours, l'avait tant fait souffrir. Elle ne pouvait, d'ailleurs, se dissimuler à elle-même qu'elle avait plus d'une fois pensé que près de son appartement était celui d'un homme à qui elle avait laissé voir qu'elle l'aimait, et que plus d'une fois elle avait souhaité qu'il osât faire ce qu'il faisait en ce moment. Cette délibération intérieure fut rapide ; le résultat fut qu'elle ne sonna pas, et qu'elle dit à sir John d'une voix émue :

— Que me voulez-vous, monsieur ?

La question était pour la forme; elle croyait savoir à quoi s'en tenir; mais elle était bien loin de se douter de ce que voulait le singulier personnage à qui elle s'adressait.

Sir John s'approcha de son lit et lui dit sans préambule :

— Vous m'aimez, n'est-il pas vrai?

— Monsieur ! dit la marquise un peu confuse, malgré l'habitude qu'elle avait de ces sortes de conversations.

— Vous m'aimez, reprit sir John. Je vous aime aussi, moi, et de toute mon âme.

— Vous? s'écria la marquise.

— Chacun a sa manière, madame; vous savez que rarement je parle pour ne rien dire : je ne suis pas venu ici pour dire des choses inutiles. Quand je vous dis : je vous aime , vous pouvez me croire. Je vous aime au point que je ne veux pas faire de vous ma maîtresse : voulez-vous être ma femme?

La proposition parut si originale à madame de P....., qu'elle ne put y répondre que par un long éclat de rire.

Sir John attendit qu'elle eût fini. Puis il reprit, avec son sang-froid habituel :

— Ce que je dis n'est pas risible , madame : voulez-vous être ma femme?

— Mais j'ai un mari, monsieur, dit la marquise en riant plus fort encore.

— Ah! fit l'Anglais , qui semblait découvrir une chose à laquelle il était tout naturel qu'il n'eût pas pensé.

Le fait est que sir John avait toujours cru que madame de P..... était veuve; ce qui paraîtra, du reste, moins étrange quand on saura que le marquis de P....., qui était dans la marine, commandait un vaisseau de l'escadre que nous avions dans la mer des Indes, et se trouvait absent de Paris depuis plus d'un an lors de l'arrivée de sir John.

Il s'opéra tout-à-coup dans la physionomie de cet homme singulier un changement si soudain et si inaccoutumé, que la marquise en fut frappée. Elle vit avec effroi les beaux traits de l'Irlandais se contracter douloureusement, et deux grosses larmes tomber lentement le long de ces joues pâles, devenues plus pâles encore par l'émotion. Elle ne riait plus ; elle comprenait en un instant combien elle était tendrement aimée. Alors, tendant la main à Mac-Donnell :

— John, lui dit-elle de la plus douce voix, je vous ai fait de la peine ; par-

donnez - moi , ce n'était pas mon intention.

Mac-Donnell prit cette main qu'on lui
tendait , la tordit presque dans une con-
vulsive étreinte, et regarda la marquise
d'un œil où se peignait toute cette âme
de feu.

— Je ne veux pas que vous soyez malheureux, continua-t-elle avec effusion,
car en un instant elle avait compris tout
ce qu'il y avait de douleurs faciles à éveil-
ler dans le cœur de John Mac-Donnell,
et elle voulait essayer de répandre quelque baume sur ces plaies ulcérées.

— Voulez-vous que je sois heureux?
lui dit John avec feu, en se rapprochant
d'elle.

La marquise n'avait pas pris le parti
de laisser Mac-Donnell dans sa chambre
pour faire la prude avec lui; elle leva sur

lui ses beaux yeux, et lui dit avec un de ses plus charmans regards :

— Vous savez bien que je vous aime.

Je laisse à penser la surprise dont elle fut saisie, quand John Mac-Donnell, après l'avoir serrée fortement dans ses bras, s'élança tout à coup vers la porte et disparut. Elle se croyait sous l'empire d'un songe. Elle était à se demander ce que pouvait vouloir dire une pareille conduite, lorsqu'elle le vit rentrer. Il était rayonnant : elle le trouva plus beau que jamais. Mac-Donnell s'approcha de son lit, s'assit sur le bord, au grand étonnement de la marquise, qui commençait à ne plus bien se rendre compte de ce qu'il voulait pour être heureux : elle trouvait qu'il était bien peu exigeant. Sir John l'avait attirée sur son sein, et lui répétait, comme s'il eût été dans l'extase :

— Je t'aime! je t'aime! Dis-moi que tu m'aimes!

— Oui, disait madame de P..... ; oui, John, je vous aime ! je vous appartiens ! je suis à vous!

Sir John ne bougeait pas. Enfin il attache sur la marquise un regard pénétrant, et lui dit d'une voix grave, et dont l'accent avait quelque chose de poétique et de solennel :

— Sais-tu où je place le vrai bonheur? Sais-tu ce que j'ai toujours ambitionné ? ce que je voudrais que Dieu m'accordât s'il daignait s'occuper de nos douleurs ou de nos joies ? Ce serait de mourir sous le baiser d'une femme que l'on aime , et dont on est aimé ! Ce serait de laisser son dernier soupir se confondre avec les derniers soupirs de sa bien-aimée. N'est-ce pas que c'est une belle mort?

— Oui, dit la marquise avec la légè-
reté parisienne; mais il y a quelque
chose qui vaut mieux encore, c'est de
vivre ainsi.

Et la charmante femme donnait à l'Irlandais un suave et enivrant baiser.

— Ah! dit sir John, oui, ce serait
beau de vivre toujours ainsi! Mais con-
çois tu quelle douce chose ce serait de
mourir au milieu de ce brûlant tressail-
lement, au milieu de cette extase qui est
aussi douce que doivent l'être toutes les
joies du ciel! Ah! mon ange, je t'aime
et je te bénis!

La marquise jeta un horrible cri et
s'évanouit. Une détonation qui s'était
fait entendre attira dans sa chambre les
habitans du château. On trouva madame
de P..... sans connaissance, et sur le
parquet le corps de sir John Macdonnell,

1.   13

qui, joignant l'action au précepte, s'était tiré un coup de pistolet dans le cœur, pendant que la marquise lui donnait un baiser.

On releva l'infortuné; il n'était pas mort. La balle avait glissé autour de la région du cœur. On parvint à le sauver.

Quant à madame de P..., lorsque elle revint à elle, elle était folle; elle a vécu dix ans sans avoir recouvré sa raison.

Le fils de sir John Macdonnell, que j'ai beaucoup connu en Suisse, lorsque je faisais mon droit à Genève en 1827, et qui ne doit pas être mort à présent, m'a dit souvent, en me racontant cette histoire, que, depuis ce jour funeste jusqu'à l'époque de sa mort, son père avait eu une horreur de la mort, égale au dégoût

que lui inspirait la vie dans sa jeunesse.
Il quitta la France dès qu'il fut en état
de supporter le voyage; et ne se maria
que quinze ans après. L'histoire de ce mariage
est assez piquante, pour qu'on ne
me sache pas mauvais gré d'avoir cédé
au désir de la rapporter.

Sir John Macdonnell, après avoir
voyagé jusqu'à l'âge de quarante ans,
retourna se fixer en Irlande, où il exerça
les fonctions de shériff ou juge-de-paix,
ou toute autre magistrature. Un jour,
comparurent devant lui une jeune fille
et sa mère, qui réclamaient d'un fermier
du pays l'exécution d'une promesse de
mariage qu'il avait faite à la fille deux
ans auparavant. Cet homme refusait de
faire honneur à cet engagement, parce
que, disait-il, quand il avait fait cette

pro:esse, la mère avait du bien, tandis qu'aujourd'hui elle était ruinée.

— J'ai promis, disait le fermier, d'épouser Betty Naughton avec deux mille livres de dot, et non Betty Naughton sans le sou. Je suis riche, je veux que ma femme ait quelque chose : c'est trop juste.

— Avez-vous quelque chose à lui reprocher? dit sir John Macdonnell.

— Non, dit le fermier, c'est la plus honnête fille de l'Irlande.

— Et son humeur? dit sir John.

— Je la crois douce et bonne, dit le fermier; mais elle n'a plus rien.

— Puisque vous êtes riche, dit le juge, qu'avez vous besoin que votre femme le soit? Celle-ci vous apporte ce que vous ne trouverez pas souvent réuni : jeunesse, beauté, douceur, vertu! Vous êtes un sot de ne pas profiter d'une pareille trouvaille.

— Si c'est une si belle trouvaille, dit le fermier, vous devriez la prendre pour vous ; cela arrangerait l'affaire, et nous serions tous satisfaits.

Sir John réfléchit un instant ; puis, se tournant vers les deux femmes :

— Que pensez-vous de ce que vient de dire cet homme? leur demanda-t-il gravement.

— Je pense, dit la mère, qu'il a tort de se moquer de nous en présence de votre seigneurie ; il ferait bien mieux de s'acquitter de sa promesse. Ma pauvre fille sera déshonorée si l'on sait qu'il n'en

a plus voulu après l'avoir eue pour fian-
cée. Tout le monde ne saura pas que
c'est par avarice.

— Et si quelqu'un de solvable s'offrait
à payer sa dette, accepteriez-vous la cau-
tion?

La mère, qui n'osait comprendre, ne
répondit pas; la jeune fille baissa les
yeux et rougit.

— Voulez-vous me passer votre pro-
curation, Dick? dit sir John; je crois que
le conseil que vous m'avez donné est
bon.

— Oh! de tout mon cœur, mylord, dit
le fermier; et quant à mon conseil, sur
mon honneur, votre seigneurie pourrait
en suivre un plus mauvais : quand on est
riche comme vous, on peut faire ce qu'on
veut.

Sir John demanda et obtint, comme on le pense bien, la main de Betty Naugton, et il fut le plus heureux mari des trois royaumes.

VI.

Le singulier mariage de ce juge irlandais qui épousa une jeune fille venue à son tribunal pour demander un mari sur lequel elle avait dû compter, me rappelle celui de mademoiselle de Senesse.

Cette jeune personne, il est vrai, ne pouvait épouser celui de l'autorité duquel elle se réclamait, mais un bel et bon mariage fut la suite de la plus étrange requête que fille honnête ait jamais présentée.

Il y avait à Saint-Germain un vieux gentilhomme assez pauvre, nommé M. de Senesse. Il avait une fille unique qui était un modèle de beauté et de vertu. Mademoiselle de Senesse fut demandée en mariage par un sous-fermier, nommé Poincelet. C'était un brave homme, tout rond, se faisant honneur de sa fortune, qui était considérable, et n'ayant d'autre ambition que celle d'être heureux en ce monde autant qu'il le pourrait être ; bien différent en cela de beaucoup de gens qui ne sont heureux, et tout au plus, que lorsque leur ambition est satisfaite.

Le parti était plus que sortable pour mademoiselle de Senesse. Quoiqu'il adorât sa fille, M. de Senesse était absolu dans ses volontés. Il déclara donc à la jeune personne qu'au mois de janvier suivant elle eût à se préparer à devenir la femme de M. Poincelet. On était alors au mois d'octobre.

Amélie de Senesse reçut cet ordre comme elle était accoutumée à recevoir tous ceux que lui donnait son père, en silence et les yeux baissés; mais quand elle fut seule, elle fondit en larmes et jura qu'elle mourrait plutôt que d'être madame Poincelet.

L'objection contre Poincelet n'était pas directement dirigée contre le sous-fermier; sa naissance obscure ne se pré-

senta pas seulement à l'idée de la jeune
fille; le sous-fermier n'était pas mal de sa
personne, pour un mari; il était d'une
humeur franche et aimable, avait assez
d'esprit pour un sous-fermier, et aimait
Amélie à l'adoration. Le chagrin que
causait à Amélie de Senesse la notifica-
tion paternelle avait une cause tout-à-
fait en dehors du plus ou moins de mérite du futur qu'on lui proposait. Il y
avait anguille sous roche. Un jeune
mousquetaire qui avait été recommandé
par son père mourant à M. de Senesse,
venait assez souvent chez le pauvre gentilhomme. Il était devenu amoureux
d'Amélie, qui le lui avait bien rendu, et
les pauvres jeunes gens s'aimaient depuis
deux ans, en tout bien tout honneur,
nourrissant leur amour de soupirs et de

regards tendres, absolument comme des amoureux d'opéra-comique.

Amélie, qui joignait, par un assemblage assez bizarre, à une grande ignorance des choses de ce monde un sens très droit et un instinct très sûr, ne s'illusionnait pas sur le sort de son amour. M. de Noirat, c'était le nom du mousquetaire, était encore plus pauvre que M. de Senesse, et elle avait souvent entendu répéter à son père qu'il ne donnerait jamais sa fille qu'à un homme dont la position ne lui laissât aucune inquiétude quand il viendrait à mourir; et en général quand M. de Senesse avait pris la peine de formuler nettement sa pensée, elle avait acquis force de loi et il eût été inutile d'espérer l'en faire revenir. Jusqu'au jour fatal où M. de Senesse avait déclaré qu'il avait accepté M. Poincelet pour gendre,

Amélie s'était bercée de la romanesque
pensée de rester fille, puisqu'elle ne pouvait être à celui qu'elle aimait. Son
manque de fortune lui permettait jusqu'à
un certain point de croire à la possibi-
lité de ce célibat éternel ; mais une jolie
fille n'est jamais pauvre, et il faut dire
que mademoiselle de Senesse était ado-
rablement belle.

On peut facilement se faire une idée
du désespoir de la pauvre enfant quand
elle entendit son père lui signifier sa volonté; elle pleura beaucoup, puis, avec
le grand sens qui la caractérisait, elle
jugea que ses pleurs ne la mèneraient
à rien. Elle prit donc, en apparence, son
parti sans murmurer, attendant que les
circonstances lui permissent de travailler
avec quelque fruit à conjurer l'orage qui
la menaçait.

Elle voulut d'abord s'adresser à Poincelet lui-même; mais une plus ample connaissance de l'individu lui démontra qu'elle ferait une fausse démarche; Poincelet était amoureux d'elle : pour quelques hommes à idées courtes (car quoique nous ayons dit que le sous-fermier n'était pas un imbécile, il était loin aussi d'être un aigle) , la plus grande somme de bonheur possible est dans la satisfaction d'un désir fortement senti, et comme il était fou d'Amélie, il ne voyait le bonheur que dans sa possession. Les sentimens de délicatesse dont il n'était pas dépourvu, se seraient tus devant la réalisation de son idée fixe. Amélie comprit tout cela et garda pour elle la confidence qu'elle allait faire à son futur.

De la faire à son père, il n'y fallait pas songer. Après avoir mûrement réfléchi à ce qu'elle avait à faire, après mille combats intérieurs entre l'amour et le devoir, elle s'arrêta à un moyen terme qui lui parut concilier ce qu'elle devait à son honneur et au serment qu'elle avait fait à son amant de ne jamais être à personne, si elle ne pouvait être à lui ; car elle lui avait fait ce serment quelque peu téméraire, la pauvre et candide créature ! M. de Noirat qui avait eu la conduite d'un galant homme vis-à-vis de mademoiselle de Senesse, avait reçu son petit serment, tout en n'y attachant qu'une médiocre importance, parce que, malgré la pureté de ses relations avec la jeune fille, il était trop mousquetaire pour ne pas savoir le degré de foi qu'il faut ajouter à des sermens de pareille nature. La Maison - Rouge n'était pas naïve, c'était là son moindre défaut.

Mademoiselle de Senesse ne parla pas à M. de Noirat du moyen terme auquel elle avait résolu d'avoir recours. Elle craignait ses objections, et ne se sentait peut-être pas la force de ne pas en tenir compte. Elle garda donc tout son courage pour ne pas faiblir devant son père, et un matin, M. de Senesse fut averti que sa fille demandait à lui parler.

Amélie parut devant son père avec une contenance respectueuse, mais résolue.

— Mon père, lui dit-elle, j'espère que vous ne vous offenserez point de ce que je viens vous dire : vous voulez me marier à M. Poincelet ; j'ai longtemps interrogé mon cœur : je n'ai point de goût pour le mariage — il y avait une petite réticence ; elle voulait dire : le mariage avec M. Poincelet. — Et si c'est votre bon plaisir, j'entrerai dans un couvent.

1. 14

M. de Senesse n'était ni jésuite, ni janséniste; il était tout simplement bon catholique, et tout en pratiquant les devoirs de sa religion, il ne cachait pas une profonde répugnance pour la vie monastique. On juge de l'effet que produisirent sur lui les paroles de sa fille.

— Au couvent! s'écria-t-il, êtes-vous folle, Mademoiselle?

Amélie jugea à propos de faire encore une petite réticence, et de ne pas dire: c'est parce que je suis folle de M. de Noirat que je veux entrer au couvent. Elle se borna à une réponse évasive.

— Dans la situation où je suis, je vous jure, mon père, que ce que je vous demande est l'objet de mes plus ardens désirs.

— Et pourquoi, dit M. de Senesse,

ne voulez-vous pas épouser M. Poincelet?

— Parce que je ne l'aime pas.

M. de Senesse était un homme trop
droit pour répondre à sa fille : « Qu'est ce
que cela fait ? — Il se mordit les lèvres,
et reprit après un instant de réflexion :

— Quoique M. Poincelet vous aime
passionnément , votre mariage avec lui
est un mariage de convenance ; il a tout
ce qu'il faut pour vous rendre heureuse;
vous l'aimerez certainement quand vous
lui devrez votre bonheur et que vous aurez fait le sien. — D'ailleurs, j'ai donné
ma parole, ajouta-t-il, satisfait sans doute
d'avoir trouvé quelque chose à répondre
au terrible « je ne l'aime pas » de sa fille.

Il tourna le dos à Amélie , et laissa la
pauvre enfant convaincue qu'elle n'avait

plus aucun moyen d'éviter de devenir madame Poincelet.

Quelques jours après cette petite scène, le gentilhomme et le sous-fermier prenaient tranquillement leur café au coin du feu. Amélie les avait laissé causer, et insensiblement la conversation s'était montée sur un ton assez léger ; ils se racontaient mutuellement des histoires un peu hasardées , et lorsque mademoiselle de Senesse rentra dans le salon, sans que le bruit de ses petits pieds eût trahi sa présence, M. Poincelet disait à M. de Senesse :

— Et qu'est-elle devenue ?

— Elle s'est mise sous la protection du roi, qui l'a fait entrer au Parc-aux-Cerfs.

— Elle n'y a pas perdu , dit en riant M. Poincelet.

M. de Senesse, qui aperçut sa fille , fit

un signe à son gendre futur, et ils engagèrent une partie de tric-trac.

Le peu de mots qu'avait entendus Amélie lui donnèrent à penser quand elle fut
retirée dans sa chambre. La protection
du roi lui apparut comme un nouvel
auxiliaire qu'elle pouvait, en toute révé-
rence, opposer à la puissance paternelle.
Le lendemain, elle se trouva seule avec
M. de Noirat, dont la prudente passion
avait su si bien se conduire que, ni M. de
Senesse ni M. Poincelet ne le soupçon-
naient d'être pour quelque chose dans
l'éloignement que manifestait Amélie
pour l'union projetée. La jeune fille dit
tout-à-coup à M. de Noirat :

— Henri, qu'est-ce que le Parc-aux-
Cerfs?

Amélie eût fait à brûle-pourpoint à
M. de Noirat la moins équivoque des

propositions , que celui-ci n'eût pas été plus stupéfait. Tout mousquetaire qu'il était, il ne put s'empêcher de rougir , et regarda Amélie sans lui répondre.

— Vous ne voulez pas me le dire, dit d'un air fin mademoiselle de Senesse ; mais je m'en doute à peu près. Cependant, je voudrais bien en être sûre. Dites-le moi , Henri , et pour vous rassurer, ajouta-t-elle en rougissant, car elle sentait qu'elle faisait un mensonge , je vous proteste que je n'ai pas envie d'y entrer.

M. de Noirat tombait d'étonnemens en étonnemens ; enfin il se rendit assez bien compte de la vérité, chose assez simple du reste, c'est que la pauvre enfant ignorait complètement la portée de ses paroles, et qu'elle fût morte de honte et d'ef-

froi, si on lui avait appris de quel lieu
elle parlait avec cet abandon.

— C'est une abbaye, dit M. de Noirat,
enchanté d'avoir trouvé de quoi répondre sans être obligé de recourir à des pé-
riphrases dont il n'était pas sûr de bien
se tirer.

— Merci, dit Amélie toute joyeuse. Je
le savais bien, pensa-t-elle au fond de
son cœur; c'est pour cela qu'il ne voulait pas me le dire.

Il y avait à peu près huit jours que
cette petite scène s'était passée entre les
deux amans, lorsque l'on sut à Saint-
Germain que le roi devait chasser le
lendemain dans la forêt. M. Poincelet
était à Paris; M. de Senesse avait la
goutte. Amélie demanda d'un air dégagé
à son père la permission d'aller avec
Henri voir passer la chasse, s'il faisait

beau. Le jeune homme , ainsi que je l'ai dit, était comme un fils de la maison; M. de Senesse n'eut aucune objection à faire à cette proposition, et le lendemain matin, les deux jeunes gens s'acheminèrent à travers la forêt , vers le rendez-vous de chasse. Ce n'était pas la première fois ni la centième qu'Amélie se trouvait ainsi seule , dans les bois, avec le mousquetaire — mais l'ignorance de la jeune fille avait été protégée par l'honneur de Henri et par sa propre confiance. Amélie était aussi pure à dix-huit ans qu'on l'est à six. Sa question sur le Parc-aux-Cerfs en est une assez bonne preuve.

Chemin faisant , Henri lui trouva un air grave dont il se plaignit avec tendresse. Amélie lui répondit de manière à lui faire croire que son mariage avec M.

Poincelet était la cause de sa tristesse ; elle ajouta même :

— Henri , me pardonnerez-vous si, d'ici à peu de temps , je fais quelque chose qui vous cause de la peine ?

Henri sentit à cette question se réveiller une pensée dont il s'était trouvé assailli plus d'une fois, et à laquelle il n'avait pas osé s'arrêter avec trop de complaisance , quoiqu'elle fût revenue avec assez d'o-piniâtreté ; il s'était dit souvent que la délicatesse, qui lui imposait de se conduire avec celle qu'il aimait comme avec une sœur, pourrait bien se trouver infiniment moins obligatoire si elle changeait sa robe virginale contre les ajustemens de la femme du monde ; mademoiselle de Senesse avait droit à des ménagemens dont il ne lui paraissait pas très criminel de se départir auprès de madame Poincelet.

Il avait donc vu, — que l'on pardonne cette pensée à la faiblesse humaine! — il avait donc vu sans trop de terreur celle qui ne pouvait être sa femme, et que, jeune fille, il se faisait une loi de respecter, demandée en mariage par un homme à qui, lui, mousquetaire ne devait rien; et l'on se rend très bien compte que le mariage d'Amélie ait apparu à M. de Noirat, comme un moyen d'arriver un jour à ce que son célibat ne lui permettait pas d'espérer. Il crut donc que par la phrase assez peu claire que lui adressait mademoiselle de Senesse, elle voulait l'amener à lui rendre un serment qu'elle pouvait regarder comme obligatoire, et dont elle eût été bien aise de ne plus être embarrassée. Plein de cette idée, Henri lui répondit d'un ton où l'amour s'unissait à la diplomatie :

— Quoi que vous fassiez, Amélie, vous êtes certaine de me voir vous approuver, pourvu que je sois assuré de votre amour.

— Ah! dit Amélie avec effusion, il faut bien que je vous aime pour...

Elle n'en dit pas davantage. Henri eut quelque peine à concilier l'entraînement avec lequel elle avait prononcé ces paroles, et l'idée qui le dominait. Il était, en effet, assez difficile de comprendre qu'une jeune fille pure et naïve dît à son amant qu'il fallait qu'elle l'aimât bien pour épouser un autre homme dans un mois. Quoi qu'il en soit, M. de Noirat n'approfondit pas la réponse d'Amélie, qui ne continua pas la conversation, et ils poursuivirent leur promenade en silence, persuadés, lui, qu'il avait rendu à Amélie le serment qu'elle lui avait fait, elle, que M. de Noirat lui avait donné carte blanche pour le projet qu'elle méditait, et qui avait au contraire pour base ce bienheureux serment.

Ils parvinrent enfin au but de leur course. Le roi ne tarda pas à arriver au rendez-vous de chasse. Quand il parut, mademoiselle de Senesse serra convulsivement le bras d'Henri et lui dit d'une voix agitée :

— Henri, je veux parler au roi !

— Parler au roi! dit M. de Noirat, qui connaissait son Louis XV par cœur et qui savait l'effet que produirait sur cet inflammable monarque l'aspect d'une aussi belle personne que l'était mademoiselle de Senesse.

— Il le faut, dit Amélie, il le faut absolument.

En ce moment Louis XV, dont les jeu-

nes gens n'étaient pas très éloignés, laissa
tomber par hasard ses regards sur mademoiselle de Senesse, et ne put s'empêcher
de la remarquer tant elle était belle, ani-
mée par la marche et l'agitation à laquelle
elle était en proie. Amélie s'aperçut
qu'elle avait attiré l'attention du roi, et,
décidée à la démarche qu'elle allait faire,
elle s'en réjouit autant que M. de Noirat,
qui avait remarqué aussi bien qu'elle le
mouvement du prince, s'en affligeait au
fond de son cœur. Elle baissa les yeux sous
ce regard royal, et où se peignait peut-être
une bienveillance qui effraya d'instinct
la pudique jeune fille ; mais emportée
par l'idée qui la dominait, elle fit malgré
elle un pas en avant. Le roi s'en aperçut
et s'applaudit que cette belle fille eût
quelque chose à lui demander, car le
mouvement d'Amélie ne pouvait laisser

de doute à cet égard. M. de Noirat était au supplice; il ne pouvait imaginer ce qu'Amélie pouvait avoir à dire à Louis XV, et il ne voyait que des malheurs à prévoir dans les suites d'une pareille action; mais il n'y avait plus moyen de reculer. Le roi avait envoyé un des gentilshommes qui l'entouraient vers la belle solliciteuse, et au moment où M. de Noirat allait la supplier de prendre son bras et de se retirer, le gentilhomme s'approcha de mademoiselle de Senesse, et lui dit que Sa Majesté désirait lui parler.

Amélie sentit faiblir son courage. Ignorante des usages de la cour, elle craignait de les blesser à son insu. Toutefois elle s'était trop avancée pour s'arrêter; elle rassembla ses forces, s'avança vers le roi les yeux baissés , et se jetta à ses pieds en fondant en larmes.

Le roi s'empressa de la relever.

— Que voulez-vous, mademoiselle ? lui dit-il avec bonté, et sentant les idées moins paternelles qu'avait fait naître la beauté de mademoiselle de Senesse disparaître devant l'affliction et l'air de vertu empreint sur tous les traits de cette charmante personne.

— La protection de Votre Majesté, dit Amélie en tremblant.

— Contre qui? dit le roi; je vous la promets d'avance , et nous verrons qui osera y résister, ajouta-t-il en souriant.

— Je ne puis dire que ce soit contre personne précisément , reprit mademoiselle de Senesse encouragée par le ton de bonté du roi, et soutenue par son idée fixe qu'elle poursuivait avec une opiniâtreté qu'elle tenait de son père, celui contre qui je réclame la protection de Votre Majesté est la personne qu'après Dieu j'honore et j'aime le plus chèrement; c'est mon père; il a eu l'honneur de servir Votre Majesté, il se nomme le chevalier de Senesse.

— C'est un honnête homme, dit le roi; et que se passe-t-il donc ?

— Mon père, dit Amélie, veut me faire épouser un homme que je n'aime pas : je lui ai demandé à entrer dans un couvent, il me l'a refusé. J'ai pensé que Votre Majesté, qui est si bonne, daignerait peut-être me prendre sous sa protection, et qu'alors mon père n'oserait pas refuser son consentement à ce que j'entre en religion.

Louis **XV** était peu accoutumé à se voir implorer dans un but semblable. Cependant l'accent de dignité et de chaste candeur de mademoiselle de Senesse le toucha au dernier degré ; il pressa Amélie de lui dire ce qu'elle voulait qu'il fît pour elle ; alors la jeune fille laissa tomber, devant le roi et les courtisans, plus stupéfaits que s'ils eussent entendu parler l'ânesse de Balaam, cette phrase exorbitante :

— La seule grâce que je demande à Votre Majesté, c'est de me donner un asile dans l'abbaye du Parc-aux-Cerfs.

L'effet produit par cette requête inattendue ne fut pas le même sur les divers auditeurs de mademoiselle de Senesse. La masse des courtisans s'entre-regarda, et il fallut toute l'habitude qu'ont les gens de cour de maîtriser leurs sensations pour qu'un éclat de rire universel ne sa-

1.   15

luât pas la demande de la belle solliciteuse. M. de Noirat, qui ne pouvait en croire ses yeux et ses oreilles pensa que sa pauvre amie était devenue folle, et il fut sur le point de fouler aux pieds l'étiquette pour s'élancer vers mademoiselle de Senesse, la prendre dans ses bras et l'enlever du milieu de ce cercle où elle se trouvait déplacée. Un moment de réflexion lui révéla cependant le mystère de la requête imprévue de la pauvre Amélie; il se rappela qu'elle l'avait interrogé sur le Parc-aux-Cerfs, et que, pour épargner à sa pudeur la honte d'une explication véridique, il avait imaginé le malencontreux mensonge qui l'avait induite à une si fatale erreur. En un instant il comprit que la sublime enfant, incapable d'avoir une volonté active à opposer à la volonté de son père, s'était résignée

à prendre le voile plutôt que de manquer à ce serment de jeune fille dont il
croyait l'avoir relevée il n'y avait pas
une heure. Il prit son parti en homme
de cœur, et s'avançant humblement vers
le roi, au grand redoublement de surprise des courtisans , il s'inclina respectueusement, et comme un homme qui
demande à être entendu.

Le roi n'avait pas été le personnage le
moins embarrassé de cette scène étrange.
La simplicité de mademoiselle de Senesse venait de lui jeter publiquement
en face le reproche d'une de ces turpi-
tudes que tout le monde connaissait,
mais dont nul n'aurait osé parler haut.
Louis XV rougit et pâlit tout-à-tour; et
l'on vit dans son regard briller une étin-
celle de cette colère toujours si redoutée
des grands. Ce fut ce qui donna du cou-

rage à M. de Noirat. Il résolut à tout prix de faire en sorte que le courroux du roi ne tombât que sur lui, et que la malheureuse Amélie se tirât de là sans savoir même ce qu'elle avait fait.

Le roi ne put cependant se méprendre sur le sens des paroles de la pauvre enfant. Il comprit que la jeune fille qui avait prononcé ces terribles paroles n'avait pas eu d'arrière pensée, et que cette hardiesse apparente cachait une grande innocence et une merveilleuse ignorance du mal. Louis XV était bon; il ne s'en prit pas à celle qui l'avait offensé sans le vouloir : toute la mauvaise humeur qu'il éprouva, et on comprend jusqu'où elle pouvait aller, retomba sur ceux qui l'entouraient, et dont toute la prudente courtisanerie n'avait pu cacher l'hilarité. Il fit signe à M. de Noirat de s'approcher, et, se tournant vers le cercle des gentilshommes :

— Eloignez-vous, messieurs , leur dit-il d'un ton brusque, et gardez, s'il vous plaît, vos ricanemens impertinens pour celles qui vous ont appris à savoir si bien à quoi vous en tenir sur certaines choses.

Puis , s'adressant à mademoiselle de Senesse, qui n'était pas la moins étonnée de l'effet qu'avaient produit des paroles si simples pour elle :

— Permettez , mademoiselle , que je dise un mot à M. de Noirat. Personne , ici, je l'espère, n'aura pour vous plus de respect que le roi de France.

Il la salua avec une grâce et une politesse parfaites, et dit à Henri avec douceur :

— Approchez-vous, Noirat, je vous écoute.

M. de Noirat, encouragé par tant de bonté, raconta au roi les choses comme elles étaient. Plus d'une fois, pendant son récit, Louis XV laissa échapper un sourire. Quand Henri eut achevé sa confidence, le roi se tourna vers mademoiselle de Senesse.

— Mademoiselle, lui dit-il, veuillez retourner à Saint-Germain ; je m'arrêterai au château en revenant de la chasse; veuillez prendre la peine de dire au chevalier de Senesse que je voudrais le voir. Vous l'accompagnerez au château, s'il vous plaît.

Amélie, qui n'avait pas la conscience du péril qui avait passé sur sa tête, s'inclina avec réconnaissance ; et elle allait se retirer lorsque le roi, la rappelant :

— Il y a un petit secret entre nous deux, lui dit-il ; soyez assez bonne pour ne pas dire autre chose à M. de Senesse, sinon que j'ai eu le plaisir de vous voir, et que je désire causer avec lui ; je me charge du reste.

Amélie se trouvait trop heureuse de n'avoir pas à entrer vis-à-vis de son père dans des explications qui l'eussent embarrassée, pour ne pas obéir de point en point aux ordres du roi. En retournant à Saint-Germain, elle remercia Henri de ce que sans doute il avait appuyé sa demande auprès de Sa Majesté, et elle lui demanda ce qu'il avait pu lui dire pour cela. Henri, qu'un mot du roi avait rendu le plus heureux des hommes, accepta sans trop de façons les remercîmens de mademoiselle de Senesse, et lui dit qu'il lui était défendu de lui donner aucun

détail sur son entretien avec le prince.
Il ajouta qu'il pouvait toutefois lui af-
firmer qu'avant la fin de la journée elle
saurait tout, et n'aurait pas, il l'espérait,
sujet d'être mécontente.

Amélie remplit auprès de son père la
mission dont le roi l'avait chargée. Ce
fut au tour de M. de Senesse d'être alar-
mé; mais M. de Noirat, à qui il put faire
part de ses craintes, le rassura complètement, et le vieux chevalier se fit porter
au château, où il attendit l'arrivée du
roi, faisant mille conjectures sur ce que
pouvait lui vouloir Louis XV.

Dès qu'il entra au château, le prince
s'informa de M. de Senesse, et, immédiatement, il le reçut avec mademoiselle de
Senesse et M. de Noirat.

— Chevalier de Senesse, dit le roi,

vous n'avez pas d'autre enfant que mademoiselle?

— Non, sire, dit le chevalier.

— Voulez-vous me permettre , continua Louis XV , de vous adresser une prière?

— Votre Majesté veut dire un ordre ; et quand les ordres du roi sont, comme ils ne peuvent manquer de l'être, conformes à ce que l'on doit à Dieu et à l'honneur , le devoir de tout gentilhomme français est d'obéir.

— C'est bien, dit le Roi, écoutez-moi donc. Vous avez l'intention de donner votre fille à un certain Poincelet qui est riche, à ce que l'on dit , mais qu'elle n'aime point. Ce mariage lui fait une peur cruelle, au point qu'elle voulait entrer en religion, et qu'elle s'est adressée à nous pour cela, ajouta-t-il en rougissant

malgré lui au souvenir de la singulière
formule que mademoiselle de Senesse
avait employée pour exprimer son désir.
Nous verrions avec peine une aussi charmante personne sacrifiée à un intérêt
misérable ou ensevelie dans un cloître à
la fleur de son âge. Il faut que vous m'ac-
cordiez ma demande; voulez-vous renoncer à cette alliance?

— Mais, dit le gentilhomme, blessé de
la démarche qu'il voyait que sa fille avait
faite auprès du roi, ceux qui ont si bien
instruit Votre Majesté ont dû lui dire
que j'avais donné ma parole.

—Les paroles ainsi données n'engagent
pas, dit le roi; nous en prenons la res-
ponsabilité. D'ailleurs, il est quelque chose
que vous ignorez, vous, chevalier; c'est
que votre fille a peut-être des engage-

mens bien plus sacrés avec un très galant homme.

— Ma fille, dit M. de Senesse! on trompe Votre Majesté.

— Non, dit le roi en jetant, pour la rassurer, un regard sur mademoislle de Senesse qui était plus morte que vive : je suis sûr de ce que je dis. Si je vous en priais bien, ne dégageriez-vous pas la parole que vous avez imprudemment donnée à M. Poincelet pour accepter un gendre de ma main ?

— J'ai déjà eu l'honneur de dire au roi que mon devoir était de lui obéir, et, quoi qu'il m'en coûte, je ferai toujours mon devoir.

— Je le sais, chevalier, dit le roi, voilà qui va bien. Mettez-vous donc là. Ecrivez, nous allons en finir tout de suite.

On roula M. de Senesse devant une
table, car il avait la goutte, et quoiqu'il fût contrarié au plus haut point de
cette intervention royale dans ses affaires
domestiques, il se disposa à obéir.

—Ecrivez, lui dit le roi, je vais dicter.

Louis XV se mit en effet à dicter ce
qui suit :

« Mon cher Poincelet,

« Il sera impossible que vous ayez le
» courage de m'en vouloir si je vous
» retire la parole que je vous ai don-
» née, quand vous saurez que c'est par
» commandement exprès du roi que
» j'agis ainsi ; veuillez donc ne plus
» compter sur la main de ma fille qui
» sera, dans huit jours, suivant le bon

« plaisir de Sa Majesté, l'épouse de M. le

« vicomte de.....

— Laissez le nom en blanc, dit le Roi, nous le remplirons tout-à-l'heure.

Mademoiselle de Senesse pâlit à cette dernière phrase; elle avait cru que l'intention du Roi se bornait à la faire entrer au couvent; quand elle entendit ces mots, *l'épouse du vicomte de*..... elle faillit se trouver mal; ce n'était pas le couvent, et M. de Noirat n'était pas titré. Le Roi vit son trouble, se pencha à son oreille, lui dit un mot, et lui donna une petite tape sur la joue. La pauvre Amélie, confuse de bonheur, baisa la main du roi avec effusion.

— Où en étions-nous? dit le roi.

— L'épouse du vicomte de....., dit

M. de Senesse, qui eût voulu être er
Chine dans ce moment.

— Bon dit le roi, laissez un blanc, et
continuez.

« Du vicomte de....., brigadier aux
» mousquetaires, gentilhomme de la
» chambre, et de la fortune du quel Sa
» Majesté m'a fait l'honneur de me dire
» qu'elle se chargeait. »

— Et cœtera, dit le roi ; signez votre
lettre, et donnez-la moi.

Le chevalier obéit, et remit au roi la
lettre que celui-ci venait de lui dicter.

— Maintenant, dit Louis XV, vous
vous souvenez que je vous ai dit tout-à-
l'heure que votre fille avait avec un ga-

lant homme des engagemens sacrés; ne
pouvez-vous deviner quel est ce galant
homme?

Quoique M. de Noirat et Amélie, assez
embarrassés de leur personne, baissas-
sent les yeux et en fissent assez pour
apprendre par leur contenance au chevalier que le coupable n'était pas loin,
les derniers mots de la phrase de la lettre
dictée par le roi déroutaient tellement
M. de Senesse, qu'il ne put que regarder
le roi en silence, comme un homme qui
cherche sans espoir de trouver.

— N'avez-vous jamais pensé, dit le roi,
qui devinait la cause de son embarras,
qu'un jeune homme élevé avec votre
fille pourrait l'aimer et être aimé d'elle?

—Noirat, Sire, s'écria le chevalier!
c'est impossible.

— Impossible, dit le roi! Et pourquoi cela? regardez-les donc, ils sont charmans tous deux; on dirait qu'ils ont été faits l'un pour l'autre.

— Sans mon autorisation! dit M. de Senesse.

— Les deux plus grandes puissances de ce monde, mon cher chevalier, sont la vôtre et la mienne; la puissance des pères, et celle des rois! Mais, quand elles veulent s'exercer, là où règne celui qui est notre maître à tous, l'amour, elles sont méconnues, quoiqu'on en ait. Permettre d'aimer est inutile, ordonner et défendre d'aimer sont impossible.

— Votre Majesté ne songe pas que je suis pauvre, et que Noirat l'est encore plus, dit le chevalier.

— Vous oubliez à votre tour ce que vous venez d'écrire, dit le roi en lui mettant sous les yeux sa lettre à M. Poincelet.

— Quoi, s'écria M. de Senesse, ce nom.....?

— Allons donc, dit le roi, vous êtes bien long à deviner; écrivez donc le nom de votre gendre; vous le savez à présent.

Ce n'était pas le moment de faire de la sévérité. Le chevalier apprenait, il est vrai, d'une manière un peu brusque, l'amour de Henri et d'Amélie; mais il trouvait un gendre dans un gentilhomme plein d'honneur, qu'il avait toujours aimé comme un fils, de la fortune duquel le roi déclarait se charger, qui aimait sa fille et qui en était aimé. Le bonheur d'Amélie lui paraissait certain; il sentit une douce larme mouiller ses yeux; il

prit la main du roi, qui du doigt lui mon-
trait la place où il devait écrire le nom
de M. de Noirat, la couvrit de baisers et
ne put que lui dire d'une voix émue :

— Ah! sire, à présent je puis mourir!

Le roi voulut mettre le comble à tant
de bontés. Il se tourna vers Amélie et lui
dit : ne voulez-vous pas, madame la vicomtesse, apporter à monsieur votre père,
votre petit présent de noces?

Amélie s'inclina, attendant le reste du
discours :

— Mettez-vous donc là aussi, continua
le roi; nous sommes ici en famille, nous
n'avons pas besoin d'appeler de secré-
taire.

Amélie s'assit et écrivit sous la dictée
du roi.

« M. le contrôleur-général des finan-
» ces fera délivrer à M. le chevalier de
» Senesse le brevet d'une pension de six
» mille livres, que nous lui accordons
» en récompense de ses bons et loyaux
» services. »

Les trois personnes qui se voyaient
ainsi comblées des bienfaits du roi étaient
émues jusqu'aux larmes, autant pour la
manière pleine de charme dont il accordait ces grâces, que pour les grâces en
elles-mêmes. Amélie, après avoir écrit,
tendit respectueusement la plume au roi
pour qu'il signât.

— Tout-à-l'heure, dit Louis XV, nous
n'avons pas fini. Prenez une autre feuille
de papier.

Il continua à dicter.

« Nous, Louis, par la grâce de Dieu,
» roi de France et de Navarre, usant de
» notre prérogative royale, voulant don-
» ner à notre amé et féal serviteur.....

— Vos noms de baptême, Noirat.

— Henri-Louis, dit M. de Noirat.

» — Henri-Louis de Noirat, conti-
» nua le roi, une marque de notre
» royale faveur, nous lui avons conféré
» et conférons le titre de vicomte pour
» le porter, lui et ses descendans, et jouir
» des prérogatives y attachées. »

Il prit alors la plume et signa le
brevet de la pension du chevalier, et

celui qui conférait le titre de vicomte à
M. de Noirat.

La manière dont le roi avait parlé,
au rendez-vous de chasse, ne permit pas
aux courtisans de s'égayer sur cette aventure. M. de Noirat, devenu vicomte de
Noirat, fit une brillante fortune; il parvint à un grade assez élevé dans la maison rouge, fut toujours à la cour sur un
pied de faveur très envié, et, ce qui n'est
pas la chose la moins étrange peut-être
de cette étrange histoire, Louis XV ne
chercha la récompense de tant de bontés
que dans le plaisir que donne la conscience d'une bonne action. La vicomtesse
de Noirat fut une des rares exceptions
qui se firent remarquer par leur vertu
dans cette cour dissolue. Jamais on ne
put dire la plus petite chose sur son
compte, et sa conduite était tellement

au-dessus de la calomnie qu'il ne fut jamais dit que la faveur de M. de Noirat
fût établie sur les complaisances de sa
femme. Un des meilleurs témoignages en
sa faveur, est le peu d'importance qu'elle
mettait à parler de son aventure dans la
forêt de St.-Germain, quand, plus tard,
mariée et mère de famille, elle sut parfaitement à quoi s'en tenir sur ce que c'était
que le Parc-aux-Cerfs; et plus d'une fois on
l'entendit dire en riant, quand il était
question de couvent ou de religieuses :

— J'espère que ce n'est pas un couvent
à la façon de l'abbaye du Parc-aux-
Cerfs.

Du reste le mot resta dans la circula-
tion; on appela souvent ainsi le sérail de
Louis XV en manière de plaisanterie, et
il est certain que si on eût inventé

cette dénomination à plaisir, on eût trouvé difficilement quelque chose de plus piquant et de plus neuf que ce coq-à-l'âne d'une ingénue.

VII.

Je ne veux pas que mes lecteurs me re-
prochent de les traîner pendant trop longtemps sur une époque qui a déjà été si
souvent exploitée, et avec bien plus de
talent que je ne pourrais le faire. Mais

nous ne pouvons quitter le règne de Louis XV sur cette histoire un peu trop prix Monthyon de la vicomtesse de Noirat. On ne sera peut-être pas fâché de savoir ce que c'était que la belle persécutée qui demanda protection à Louis XV, et dont M. de Senesse racontait si malencontreusement l'histoire au pauvre Poincelet, lorsqu'Amélie est rentrée dans le salon. La vertu de l'illustre protecteur n'y brille pas d'un éclat aussi pur que dans sa rencontre avec mademoiselle de Senesse. On ne peut pas être parfait.

Le fameux Lebel avait une certaine faiseuse de manchettes qui avait un nez retroussé, la jambe bien prise, une taille à prendre dans les dix doigts, des formes assez riches, pas plus de vertu qu'on ne saurait en exiger d'une grisette qui sait son monde, de l'esprit et un excellent cœur. Elle s'appelait mademoiselle Juliette. Un jour qu'elle apportait des manchettes à monsieur Lebel, elle refusa de s'arrêter plus de temps qu'il ne le fallait pour livrer sa marchandise, alléguant qu'elle était attendue chez une pratique, et elle ajouta : — C'est pourtant un bien méchant homme, il a une sœur qui est jolie comme les amours, et il la rend bien malheureuse. Là-dessus elle quitta le ministre des amours secrètes de Sa Majesté.

M. Lebel, qui était à l'affût de toutes les jolies filles, dressa les oreilles en entendant parler d'une jeune personne jolie comme les amours, et qu'un frère barbare rendait bien malheureuse, et, le lendemain, mademoiselle Juliette fut mandée chez lui. Lebel la pria de lui donner quelques renseignemens sur la jeune demoiselle à laquelle elle avait semblé s'intéresser la veille, et voici ce qu'il apprit.

Contrairement à mademoiselle de Senesse, qui voulait à toute force se faire religieuse, la protégée de mademoiselle Juliette ne se trouvait malheureuse que parce qu'on lui avait notifié qu'il fallait qu'elle se disposât à entrer à la Visitation. Elle se nommait Marie Duplantier, et était sous la tutelle de son frère, qui avait près de vingt ans de plus qu'elle, et qui était horloger dans la rue Saint-Honoré. Ce Duplantier avait des mœurs très relâchées. Il vivait avec une fille de bas étage, qu'il avait érigée en maîtresse souveraine de sa maison, et qui semblait prendre à tâche de rendre la vie dure à la pauvre Marie. La sœur de l'horloger était chez son frère dans une position bien au-dessous de celle où eût été une servante.

Outre qu'elle était obligée, littéralement, de servir la dégoûtante créature avec qui vivait son frère, les mauvais traitemens ne lui manquaient pas. Cette fille l'accablait d'injures et ne se gênait pas pour la rouer de coups lorsqu'elle était de mauvaise humeur, ce qui lui arrivait souvent à l'endroit de sa victime qu'elle avait prise en aversion, en raison sans doute de celle qu'elle devait elle-même lui inspirer. La Georgette, c'était le nom de la concubine de Duplantier, avait conçu le projet de se faire épouser par cet homme, qui avait assez de bien, et Marie la gênait, parce qu'elle croyait s'apercevoir que, malgré la crapule dans laquelle l'horloger était tombé, il avait un reste de respect humain qu'il conserverait tant que sa sœur serait là pour lui reprocher, non par ses

discours, mais par sa présence, la conduite qu'il tenait. Georgette eût été capable de se débarrasser de Marie par un
crime si elle l'eût osé : mais heureusement elle était lâche. Elle s'y prit autrement. Elle avait un grand ascendant sur
Duplantier, et elle fit si bien qu'elle fit
prendre à cet homme, faible et sans moralité d'ailleurs, la résolution de mettre
sa sœur dans un couvent. Duplantier était
cupide, il trouva très doux de s'appro-
prier l'héritage de Marie, en même temps
qu'il ne fut pas fâché de se débarrasser
d'un témoin gênant. Il annonça donc à
sa sœur qu'il était déterminé à la mettre
au couvent, et comme il était son tuteur,
il parla comme un homme qui a en main
l'autorité suffisante pour faire respecter et
exécuter sa volonté. Marie fut au désespoir; elle n'avait aucun amour en tête,

mais elle savait très bien qu'elle n'é-
tait pas au monde pour chanter Matines
et Complies ; d'ailleurs, les exemples
qu'elle avait sous les yeux suffisaient
de reste pour lui apprendre des choses
qu'à son âge elle eût fort bien pu ignorer. Elle pleura amèrement et supplia son
frère de changer de résolution. Duplantier, à qui Georgette ne laissait pas de
trève, parla sévèrement, et le jour fut désigné où Marie devait entrer en noviciat
à la Visitation.

Marie avait pour confidente la sémil-
lante mademoiselle Juliette, qui travail-
lait pour Duplantier. La pauvre Juliette
ne put que la plaindre, et lui offrir ses
petits services qui consistaient à l'aider
à fuir la maison fraternelle, à la recueillir
dans sa chambre, lui chercher de l'ouvrage et partager avec elle ce qu'elle

avait jusqu'à ce qu'elle eût trouvé à
s'occuper. Ce parti effrayait bien un peu
Marie, élevée jusqu'à l'âge de quinze
ans par sa mère, qu'elle avait perdue à
cette époque, et qui lui avait donné des
principes que tous les mauvais exemples
n'avaient pas encore été capables de dé-
truire. Elle ne savait pas bien au juste
ce que c'était que la vie de grisette ;
mais elle avait vu mademoiselle Juliette
passer un dimanche sous ses fenêtres au
bras d'un sergent aux gardes françaises ;
le dimanche suivant au bras d'un clerc
de notaire, une autre fois avec le sergent,
une autre fois avec un troisième, et toujours avec l'air dégagé d'une personne
qui ne fait rien que de très naturel. Ces
allures lui paraissaient assez inquiétan-
tes ; cependant, en interrogeant son petit
cœur, elle sentait qu'elle eût mieux aimé

donner le bras successivement à tout le régiment des gardes, et à tous les clercs de la bazoche, que d'entrer à la Visitation. Elle hésitait cependant, et pleurait toutes les larmes de son corps en voyant approcher le jour fatal.

Les choses en étaient là lorsque mademoiselle Juliette parla de Marie à Lebel. Je vois bien, dit la petite fille au valet de chambre, qu'elle hésite à venir avec moi parce que je ne suis pas très sage, et qu'elle est honnête, la pauvre Marie; mais elle a bien tort; je ne suis pas capable de la mal conseiller, et elle pourrait bien mener la vie qui lui conviendrait en étant avec moi.

Les gens de la classe de mademoiselle Juliette ne savaient pas à quoi s'en tenir sur les fonctions de Lebel auprès du roi, à moins qu'ils n'eussent à le connaître

i.   17

par expérience. Mais Juliette n'était pas assez belle pour que Lebel ait jamais pensé à l'élever aux honneurs du mouchoir; d'ailleurs il la gardait pour son usage particulier. Tout ce que la grisette savait de M. Lebel, c'est qu'il était attaché à la personne du roi. Il n'y eut donc rien d'étonnant à ce qu'elle lui dit tout-à-coup, après lui avoir fait sa confidence et lui avoir fait part de ses observations sur les craintes qu'elle inspirait à Marie :

—Vous devriez faire une bonne action, M. Lebel.

— Laquelle? dit Lebel, qui n'était pas accoutumé à être sollicité d'actions vertueuses.

— Vous devriez vous employer pour Marie ; cela doit vous être facile, vous qui approchez le roi quand vous voulez.

M. Lebel avait déjà pensé à cela; mais il faut lui rendre cette justice que ce n'était pas au point de vue de la bonne action que l'idée lui était venue. Il avait plutôt songé à faire une bonne affaire. Il prit l'adresse de Duplantier et dit à mademoiselle Juliette de revenir le lendemain.

Il lui fut facile de voir Marie Duplantier. Il fut frappé de sa beauté. Il bénit sa bonne étoile et la compassion de mademoiselle Juliette, et celle-ci fut chargé de dire à Marie qu'un protecteur généreux s'offrait à la mettre à même de demander justice au roi en personne, et qu'il était certain que le roi la protégerait. Marie, dans son ignorance des choses du monde, fut décidée par ce dernier argument, et la veille du jour où elle devait entrer à la Visitation, elle s'enfuit de chez son frère et se réfugia, non chez

Juliette, où Lebel craignait que le frère
ne la soupçonnât de s'être retirée, mais
dans un petit logement qu'il lui avait
loué tout exprès.

Marie n'avait consenti à suivre les
conseils de Juliette qu'à la condition,
exprimée en circonlocutions et péri-
phrases de toute espèce, qu'il lui serait
loisible de ne pas suivre son exemple et
qu'elle aurait le droit de rester sage autant que cela lui conviendrait. Sur quoi
mademoiselle Juliette avait juré ses
grands dieux que Marie ne verrait qu'elle
et M. Lebel, son protecteur, attaché au
service du roi, et s'était déclarée haute-
ment la protectrice de la vertu de la belle
fugitive. Lebel, qui avait son plan fait,
n'objecta rien à cette déclaration, et Marie
remercia Dieu de lui avoir donné l'appui
d'un si honnête homme.

Il y avait deux jours que Marie était dans sa retraite, où elle avait trouvé un petit trousseau assez complet pour satisfaire à ses besoins et à ses goûts, assez modeste pour ne pas l'effrayer, lorsque M. Lebel entra chez elle, accompagné d'un homme de bonne mine, vêtu comme lui très-simplement. Mademoiselle Juliette était avec Marie dans ce moment. Sa présence parut gêner Lebel plus que l'inconnu, que le valet de chambre présenta comme une personne chargée par le roi d'apprendre, de la bouche de mademoiselle Duplantier, les détails de son aventure. Lebel voulut emmener Juliette; il lui parla bas, et, comme elle se refusait à quitter sa protégée, Lebel allait sans doute lui produire un argument auquel elle n'eut pu résister, lorsque l'inconnu, qui devina sans doute l'intention de son introducteur, lui fit un signe impératif qui ferma la bouche à l'officieux protecteur de jeunes filles. Marie raconta alors naïvement son histoire à l'étranger, qui paraissait la regarder avec une admiration dont s'alarmait plus mademoiselle Juliette, pour celle qui en était l'objet, qu'elle n'en était alarmée elle-même. Quand elle eut achevé, l'inconnu lui dit avec une politesse charmante :

— Mademoiselle, je vois que vous êtes digne de ce que le roi a l'intention de faire pour vous. Ce soir M. Lebel vous conduira devant un personnage qui aura les instructions nécessaires pour vous mettre à l'abri de toute persécution. Je vous le promets au nom du roi.

Le soir Lebel vint chercher Marie en carrosse. Elle ne put s'empêcher de faire la remarque qu'elle ne croyait pas avoir à faire un si long voyage. Lebel la rassura et déjà, si elle avait été plus au courant de la vie, elle eut pû observer qu'il la traitait avec un respect qu'il ne lui avait pas encore témoigné.

Quand ils furent arrivés au lieu de leur destination, elle fut introduite dans des appartemens où tout respirait le luxe et le plaisir. Lebel la laissa seule un instant, et bientôt elle vit entrer l'homme qui, le matin, était venu chez elle.

—Vous avez réclamé une auguste protection, mademoiselle, lui dit-il, je vous déclare qu'elle vous est acquise; ne ferez vous donc rien pour celui qui est disposé à tout faire pour vous ?

— Je ne comprends pas ce que vous voulez dire, monsieur, dit la jeune fille. Que puis-je pour un homme puissant, moi, pauvre fugitive? que peut-il attendre de moi ?

— Vous pouvez lui donner votre cœur et votre personne, dit l'inconnu tendrement, et je puis être garant du bonheur qu'il en éprouvera, car c'est pour moi que je vous implore.

Mademoiselle Duplantier recula effrayée.

— Où suis-je? dit-elle, et qui êtes-vous?

— Vous êtes ici chez vous, et je suis le roi Louis XV qui vous supplie de ne pas rejeter ses vœux.

— Le roi, s'écria Marie!

— Oui, dit Louis XV; je ne vous demande pas de me vendre la protection que je vous ai promise; voilà un ordre de ma main pour faire mettre celle qui vous a tant fait souffrir aux Repenties, et un autre en vertu duquel votre frère

sera mis à la Bastille si vous le voulez,
Prenez-les, et quittez-moi si je vous suis
odieux ; mais demeurez si j'ai mérité
quelque grâce à vos yeux par mon amour
et mon empressement à faire ce que vous
désiriez.

On sait que Louis XV était le plus joli
homme de la cour, et, l'on a beau dire,
dans la position où était Marie Duplantier, il faut avoir une bien forte tête pour
ne pas la sentir tourner quelque peu en
voyant à ses genoux un grand roi, beau
comme le jour, qui vous demande un
peu de reconnaissance pour des bienfaits
qui ont précédé sa requête.

Tant il y a que Marie Duplantier ne
quitta le lieu où elle était que deux ans
après ce jour mémorable pour elle, et
que ce lieu était le Parc-aux-Cerfs.

Elle y avait profité, à ce qu'il paraît,

et lorsqu'elle en sortit ce n'était pas la naïveté qu'on pouvait lui reprocher. Elle eut pu, avec les bienfaits du roi, se caser convenablement et mener une vie heureuse et paisible. Mais après avoir été la maîtresse du roi, elle aima mieux être la maîtresse de tout le monde que de vivre dans la médiocrité. Elle devint une des femmes entretenues les plus à la mode. Son astre ne brilla pas longtemps à Paris. Lord R...... l'emmena en Angleterre et l'établit richement. Après la mort de ce seigneur, arrivée trois ans plus tard, elle ne voulut plus appartenir en titre à personne; elle mena une vie indépendante, vendant, des rançons de rois, des faveurs qui commençaient à être un peu banales, et auxquelles la mode seule donnait un tel prix. On ne peut évaluer l'argent qu'elle engloutissait. L'anecdote suivante pourra seulement en donner une idée, ainsi que de l'impertinence que lui donnait la faveur où elle était dans un certain monde.

Un jeune banquier devint amoureux d'elle. Il n'y avait pas longtemps qu'il était dans les affaires, et il se trouvait maître de sa fortune, qui se montait à environ trente mille livres sterlings. C'était peu de chose pour un banquier anglais; c'était beaucoup pour une courtisane. Il voulut avoir la belle Française; il n'était pas assez riche pour se passer cette fantaisie sans toucher à son capital; il fut repoussé; éperdu d'amour, il lui proposa de l'épouser, elle lui rit au nez; enfin il lui offrit une partie de sa fortune; elle, qui avait vu tout le parti qu'elle pouvait tirer de ce pauvre jeune homme, lui tint la dragée haute, si bien qu'un jour elle

en obtint tout ce qu'elle voulut, c'est-à-
dire sa fortune toute entière, rien qu'en
lui promettant ce qu'il désirait avec tant
d'ardeur. Elle exigea le paiement en es-
pèces, et accepta, par reconnaissance, son
bras pour aller passer la nuit dans une
réunion où l'on jouait un jeu d'enfer. Le
jeu était le gouffre qui absorbait tout l'argent que gagnait Marie Duplantier. On
n'a aucune idée de ce qui se passait dans
ces lieux de débauche à cette époque en
Angleterre. Avant le jour les trente mille
livres sterlings du banquier avaient dis-
paru. Le pauvre homme espérait qu'au
moins un pareil sacrifice, bien que devenu inutile à celle à qui il avait été fait,
lui avait acquis des droits à la possession
de cette *chère* beauté. Et il faut avouer
que ce n'était pas se montrer exigeant.
Mais que l'on se peigne la surprise et l'in-

dignation dont il dut être saisi, quand il vit Marie donner le bras à un homme qu'il savait être son concurrent, et lui dire avec une impudeur sans exemple :

— Allons, sir Frédéric, donnez-moi votre bras ; je suis à vous pour aujour-d'hui.

— Madame, dit l'ex-banquier, qui avait sans doute arrêté son projet d'une manière irrévocable, c'est à moi que vous appartenez aujourd'hui : hier je me suis ruiné pour vous.

— Oui, dit Marie avec insouciance ; mais sir Frédéric à la priorité. Il s'est ruiné pour moi avant-hier.

Elle laissa le banquier confondu, et disparut en riant comme une folle.

Il est d'une médiocre importance pour l'intérêt ou la moralité de cette histoire, que l'on sache ce qui est advenu du malheureux jeune homme; il ne nous coûte cependant rien de dire à ceux qui ne s'en seraient pas douté, qu'il quitta le tripot pour aller se brûler la cervelle.

Hélas, à quoi sert, dans de pareilles mains, tant d'or versé à torrens? en 1787, à l'hôtel-Dieu, mourait des suites d'une maladie honteuse, sur un grabat d'hôpital où elle était recueillie par la charité publique, Marie Duplantier, qui avait eu Louis XV pour premier amant, et qui avait englouti assez d'argent pour acheter un royaume.

VIII.

Parmi les femmes qui, sous le règne de Louis XVI, continuèrent à afficher une grande liberté de mœurs, une de celles qui se faisaient le plus remarquer fut la marquise de P..... n, sœur de la fameuse duchesse de P...... c. Elle était la maîtresse du comte d'Artois, depuis Charles X; l'ardeur d'un sang méridional la lança de bonne heure dans la voie de galanterie où elle se fit une si grande réputation. Je ne sais si avant son mariage elle savait déjà à quoi s'en tenir sur les béatitudes charnelles auxquelles elle consacra sa jeunesse et même quelques années de l'âge mûr; ce qu'il y a de certain, c'est qu'elle révéla à son mari, la première nuit de ses noces, les dispositions de son tempérament d'une manière assez peu virginale et tout au moins fort avancée pour une jeune fille.

Il y avait à peu près une heure que l'on avait laissé les deux mariés aux mystères de l'alcôve nuptiale et M. de P.....n, qui, à ce qu'il paraît, n'avait pas le sang aussi brûlant que sa femme, n'avait pas encore paru s'apercevoir qu'elle était à ses côtés. Ce silence ne paraissait pas faire le compte de la jeune mariée. Fatiguée d'attendre et se voyant à bout de résignation, elle poussa légèrement du coude M. de P...... n, et lui dit avec son accent méridional fortement prononcé :

— Monsieur de P...... n?

— Madame ?

— Est-ce que vous êtes malade ?

— Non pas, madame, répondit tranquillement le flegmatique M. de P.....n.

Madame de P......n, à cette réponse, espéra qu'il ne manquerait bientôt plus rien à la consommation de son mariage, et se tint coi pendant une autre heure.

Soit curiosité de ce qu'elle ne connaissait pas, soit désir d'une chose sur laquelle elle savait à quoi s'en tenir, elle renouvela l'attaque.

— M. de P......n?

— Madame ?

— Est-ce que je suis vieille et laide ?

— Non pas, madame, fit le mari.

Elle était jolie, vive, bien faite, et engageante à faire pécher un saint.

Madame de P.....n se retourna deux ou trois fois sur elle-même, et rassurée sur la santé de son mari et sur son propre mérite, espéra que la nuit ne se passerait pas tout entière dans cet étrange *a parte*.

Enfin au bout d'une autre heure, perdant toute patience, et se rapprochant de son engourdi partenaire, elle lui frappa sur l'épaule et lui fit, comme pour l'acquit de sa conscience une nouvelle question.

— M. de P......n ?

— Madame ?

— Est-ce que vous n'avez pas touché la dot ?

— Si fait, madame !

—Et donc, s'écria madame de P.......n.

Le mot courut ; je ne sais si ce fut monsieur ou madame de P.......n qui le répandirent.

Quand le diable fut vieux il se fit hermite, dit-on. Quand madame de P.....n fut vieille elle se fit, non pas religieuse, mais dévote. Elle avait conservé ou plutôt renoué dans l'émigration ses relations avec le comte d'Artois. On prétend même qu'ils étaient mariés secrètement. Toujours est-il que ce fut à madame de P.....n qu'il faut attribuer la conversion de ce prince qui n'avait pas toujours été dans les idées religieuses que nous lui avons vu professer. A son lit de mort, madame de P......n lui fit jurer sur l'Évangile que, s'il rentrait en France et qu'il devint roi, il rouvrirait ses états aux Jésuites. Le malheureux prince n'a que trop tenu parole, pour lui à qui l'exécution de cette promesse a coûté un trône, pour la France que cette plaie rongera peut-être longtemps encore.

Il y avait un jour nombreuse compagnie dans le boudoir de madame de P......n; c'était dans les premières années du règne de Louis XVI. Il y avait là madame de C......n qui avait, dit-on, des amans de rechange jusque parmi ses porteurs de chaise, pour que si, chemin faisant, elle se sentait quelque velléité, elle put se satisfaire à l'instant même : il y avait la comtesse de Balbi, qui était la maîtresse du comte de Provence , depuis Louis XVIII ; la marquise de Matignon Gacé , alors fort vieille , qui , à un souper chez madame de Nesle , avait , dans son temps , défié et vaincu séance tenante, plus de quinze hommes qui se trouvaient à table; enfin, les femmes les plus galantes de l'époque et du règne qui venait de finir. Quelques hommes d'esprit, qui étaient ou avaient été les amans de ces dames, complétaient la réunion. La conversation avait été montée petit à petit sur un ton assez leste, lorsque l'on annonça un honnête prélat, qui faisait une tournée de bienfaisance, pour je ne sais quelle bonne œuvre, et qui venait frapper à la bourse de madame de P......n.

Quand il eut fait part de l'objet de sa visite, les assistans s'empressèrent de faire pleuvoir dans la bourse de l'évêque ce qu'ils avaient d'or dans leurs poches, si bien que le prélat, heureux de cette abondante moisson, ne partit pas immédiatement et crut devoir par politesse demeurer comme en visite, et prendre part à la conversation. Mais son arrivée avait été la goutte d'eau froide jetée dans le vase bouillant; l'entrain était parti. Le bon prélat s'en aperçut et s'adressant avec un gracieux sourire à la maîtresse de la maison.

— Est-ce que je vous fais peur, dit-il, que l'on ne dit plus rien? Vous m'aviez tous l'air de joyeuse humeur quand je suis entré. Je ne suis pas ennemi de la gaîté; continuez donc, ou je me retire.

— Monseigneur, dit la marquise, notre conversation était un peu mondaine.

Un peu mondaine était modeste. La

dernière histoire que l'on venait de raconter était celle-ci :

Une des femmes de la société avait raconté que son grand-père, qui était officier supérieur aux gardes-du-corps, était un jour venu trouver un simple garde sans fortune, qui se faisait appeler M. de C......, tout court.

— Monsieur, lui avait-il dit, êtes-vous un C.....?

— Sans doute, dit le jeune homme.

— Avez-vous des papiers?

— Bien en règle.

—Ma femme est aussi une C......, comme je vous le ferai voir; si vous êtes ce que vous dites, je vous donne ma fille avec cinquante mille écus de rente. C'est une vraie C..... , laide comme une guenon, fière comme un lion , p..... comme chausson.

C'était de sa mère que la narratrice faisait ainsi les honneurs.

Comme on le pense bien, on ne pouvait pas reprendre la conversation sur ce pied-là devant l'évêque, qui était un des rares prélats dont l'épiscopat n'eût pas à rougir. Madame de P.....n pouvait donc, sans se compromettre, dire que le sujet de leur conversation était, avant l'arrivée de l'évêque, un peu mondaine.

Le prélat allait sans doute se retirer, assez embarrassé de sa personne, lorsque l'un des assistans dit :

— Si monseigneur ne connaît pas l'histoire de Pierre, il pourrait nous la conter; Sa Grandeur en serait édifiée.

— Qu'est-ce donc que l'histoire de Pierre? dit le prélat.

— Ah! dit madame de Matignon, c'est une histoire digne de la vie des Saints.

Le prince Pierre de Courtenay, car c'était lui dont il s'agissait, fit une grimace qui signifiait assez clairement qu'il n'était que médiocrement satisfait de la malencontreuse proposition de l'officieux à qui il devait cette corvée; mais sur un regard de la marquise, il s'exécuta de bonne grâce, et commença en ces termes :

« Mon père, qui s'appelait comme moi Pierre de Courtenay, me laissa, à dix-huit ans, sans autre fortune qu'un titre lourd à porter, et un des plus grands noms de l'Europe. Je me sentais mal à l'aise à la cour. Dans l'impossibilité où je me trouvais de tenir mon rang conformément à ma naissance, je n'aimais guères à aller me faire éclipser par mes égaux, et même par mes inférieurs. J'habitais donc plutôt Paris que Versailles.

» Je n'avais rien de mieux à faire que de promener mon ennui dans les lieux publics, et j'allais fréquemment m'asseoir dans le jardin du Palais-Royal, où je trouvais assez bonne compagnie. Un jour, une merveille sembla tomber du ciel au milieu de cette troupe d'oisifs. C'était une jeune bouquetière, nommée Nanette Lollier. Plusieurs des personnes qui sont dans cette chambre l'ont connue, puisqu'il n'y a guères plus de vingt ans qu'elle fit son apparition ; j'en appelle à leur souvenir. Il était impossible de rien voir de plus parfait que Nanette Lollier. Elle était jolie comme un ange ; sa mise était toujours recherchée ; en moins de huit jours, elle eut une telle vogue, qu'elle fut obligée de se faire porter des fleurs de rechange. Elle fit une fortune rapide, et pourtant elle resta sage.

» Je n'ai pas besoin de dire que j'en devins amoureux, comme tous les jeunes gens qui l'admiraient ; mais au lieu d'un désir, je m'aperçus bientôt que j'avais laissé entrer dans mon cœur un amour véritable. J'allais régulièrement tous les soirs au Palais-Royal, et j'achetais une petite fleur à la jolie marchande. Je ne tardai pas à m'apercevoir que mes assiduités ne lui avaient point échappé. Je crus lire dans ses yeux qu'elle n'y était pas indifférente. Cette nouvelle me charma et m'affligea tout à la fois. Je savais combien Nanette était vertueuse, et je ne pouvais songer à l'épouser ; d'ailleurs, elle était riche et j'étais pauvre : elle avait gagné des sommes énormes à vendre ses bouquets qu'on lui payait cent fois au-delà de leur valeur.

— Cent fois, dit madame de Matignon ;

elle m'a donné un jour une rose mous-
seuse, et le soir je lui ai envoyé cinquante louis; et une autre fois elle a
couru après la princesse de Rohan à qui
elle a offert un petit bouquet de violettes,
et qui le soir lui a envoyé un brillant qui
valait près de trois mille écus.

« Nanette était donc riche, continua
le prince Courtenay, et moi j'étais pauvre, lorsque tout-à-coup il se fit dans
ma position un changement inattendu.
Je reçus un jour la visite d'un notaire qui
demanda à me parler en particulier.

«—Mon prince, me dit-il, je suis chargé
par une respectable dame de votre famille de vous remettre vingt-quatre mille
livres en or et cette lettre.

«Je crus qu'il se trompait, je le lui dis.
La suscription de la lettre qui portait :
au prince Pierre de Courtenay, me con-

vainquit qu'elle m'était adressée. Je l'ou-
vris, et à mon grand étonnement, j'y lus
ce qui suit :

« Mon cher cousin,

» Je suis vieille et votre proche pa-
» rente : je souffre de vous savoir en
» dehors de votre place. Faut-il que vous
» viviez inconnu à Paris, tandis que des
» gens de moindre qualité font les délices
» de Versailles! vous êtes pauvre, je suis
» riche; mon âge m'interdit les plaisirs
» bruyans qu'au vôtre on recherche. Per-
» mettez-moi, en considération de nos
» rapports de sang et d'amitié, de vous
» offrir un superflu qui est de nécessité
» absolue pour vous. Chaque premier
» jour du mois on vous remettra de ma

» part quatre mille livres; et cette fois,
» qui est la première, je vous envoie
» vingt-quatre mille livres qui suffiront
» peut-être aux frais d'un premier éta-
» blissement. »

» Cette lettre n'était pas signée. Vainement je m'efforçai de tirer du notaire
quelques éclaircissemens. Il s'y refusa
constamment, se renfermant dans cette
réponse « c'est une dame de votre famille.» Je ne voulus pas d'abord accepter
cet argent, mais d'anciens amis de mon
père, que j'honorais et respectais de toute
mon ame, m'engagèrent à profiter de ce
bien tombé du ciel, et je me laissai per-
suader par leurs avis.

» Me voilà donc en bonne posture à la
cour; cependant mon amour pour Nanette

n'avait pas diminué. Je n'allais que rarement à Versailles ; rien n'aurait pu m'empêcher de venir dans l'après-dinée au Palais Royal, pour voir la bien-aimée de mon cœur et emporter une fleur que je n'avais plus la honte de ne payer que d'une pièce de douze sous. Chaque soir j'apportais mon tribut à la jolie marchande, qui semblait bien plus reconnaissante du sourire et du regard que je lui envoyais que de l'écu de six livres que je glissais dans sa corbeille. Un an encore se passa ainsi.

» Sur ces entrefaites mon amour fut mis à une rude épreuve. Le roi, qui s'était plus d'une fois plaint d'une façon tout obligeante de ce qu'il me voyait rarement à Versailles, me manda un jour et me dit qu'il verrait avec plaisir mon mariage avec mademoiselle de Craon.

» Le parti était magnifique. Mademoiselle de Craon était jeune et belle; elle avait en mariage plus de huit cent mille livres de rente; son nom était égal au mien et les lozanges d'or et de gueules de Craon s'écartelaient à merveille avec le tourteau-bezan de gueules et d'or de Courtenay. Je balbutiai une réponse embarrassée dont sa majesté ne dut être que médiocrement satisfaite, et je mis plus tard le comble au déplaisir qu'elle devait éprouver, en déclarant positivement que j'étais sensible à l'honneur que voulait bien me faire mademoiselle de Craon, mais que je ne voulais pas me marier.

»Cette réponse n'était pas encore donnée officiellement, lorsque je reçus une lettre que je reconnus à l'écriture pour être de

ma généreuse parente : voici ce qu'elle
me mandait.

« Mon neveu ,

» Pourquoi vous refuser à épouser
» mademoiselle de Craon ? vous trouve-
» rez là fortune , naissance, illustration.
» Je vais vous assurer, par remise des
» fonds, le capital de la somme annuelle
» que je vous abandonne. Acceptez aussi
» pour votre future les bijoux que je joins
» à cet argent.
   » Mon neveu , si vous consentez à ce
» mariage, portez pendant huit jours à
» votre habit un œillet , et si vous refu-
» sez d'épouser mademoiselle de Craon,
» portez une rose. »

1.

» A cette nouvelle lettre était joint ce qu'elle annonçait, c'est-à-dire un million en espèce et en billets de caisse, et environ pour cent mille écus de diamans.

» Mon parti fut pris à l'instant même : j'attendis l'heure à laquelle Nanette se rendrait au Palais-Royal, et ne voulus arborer la fleur dont on m'ordonnait de me parer en signe de refus ou d'acceptation de la main de mademoiselle de Craon, qu'en employant à cet usage une fleur qui me viendrait de la main de Nanette. Je parus donc au Palais-Royal sans aucune marque distinctive ; j'aperçus Nanette, je m'approchai d'elle ; elle me présenta un bouquet. Je le considérai, il n'y avait ni rose ni œillet.

— » Mademoiselle, lui dis-je, je voudrais bien avoir une rose !

» Je n'avais pas achevé ces paroles que

Nanette me regarda d'une manière si-
gnificative, et, pâlissant soudain, elle fût
tombée à la renverse si je ne l'eusse
soutenue dans mes bras. Je la fis trans-
porter rue Plâtrière, où elle demeurait,
et ne m'éloignai que lorsque Tronchin,
que j'avais fait appeler, m'eût déclaré
qu'elle ne courait aucun danger.

« Bien convaincu qu'elle n'était pas
étrangère à la conduite de ma tante mystérieuse, et concevant même quelques
vagues soupçons de la réalité, je lui laissai une lettre toute passionnée dans laquelle je lui disais que son évanouisse-
ment m'ayant révélé que je ne lui étais
pas indifférent, je la suppliais de faire
mon bonheur en m'accordant sa main.
Sa réponse ne se fit pas attendre; elle me
rendit le plus malheureux des hommes.
Cette réponse était de la même écriture

que les deux lettres que je croyais d'une parente inconnue. La voilà, continua le prince de Courtenay, elle ne m'a pas quitté depuis ce jour. Tenez, Narbonne, ajouta-t-il en la tendant au comte Louis de Narbonne, qui se trouvait près de lui; vous connaissez l'histoire, achevez-la pour moi, je sens que la voix me manque à ce cruel souvenir. »

Sans attendre de réponse, le prince passa la lettre à M. de Narbonne, et se retira dans le salon pour dérober aux assistans l'émotion qui l'agitait.

M. de Narbonne ayant pris la lettre, continua ainsi la narration du prince de Courtenay.

« La lettre que le prince de Courtenay avait reçue, et qui était, comme il vous

l'a dit, de la même écriture que les
deux premières, et signée Nanette Lollier.

— Je m'en doutais, dit le bon évêque
en s'essuyant les yeux.

— « Voici cette lettre, dit M. de Narbonne, je tâcherai de vous expliquer ce
qu'elle pourra contenir d'obscur pour
ceux qui ne sont pas au fait.

« L'amour vous aveugle. Un mariage
« avec moi vous déshonorerait. Vous
« m'aimez trop pour que je vous refuse
« la marque la plus éclatante de ma ten-
« dresse. Je renonce à vous. Quand vous
« recevrez ma lettre, la bouquetière Na-
« nette aura quitté le monde pour tou-
« jours. Je laisse à mes parens la part de

« ma fortune que j'ai gagnée en vendant
« des fleurs. Quant au million que vous
« avez reçu au nom de votre tante, il est
« à vous. Votre plus proche parent crut
« pouvoir payer par cette somme un cri-
« me dont j'ai juré de garder éternelle-
« ment le secret ; adieu, pensez souvent
« à moi, qui, du cloître où je cours
« m'enfermer, prierai chaque jour pour
« vous. »

— « Courtenay, continua M. de Narbonne, vola rue Plâtrière, à l'hôtel qu'occu-
pait la belle mademoiselle Lollier. Il était
trop tard. Il apprit le même jour, par une
voie indirecte, que Nanette Lollier était
entrée en religion, et qu'elle avait été
conduite au couvent qu'elle avait choisi
par monseigneur l'archevêque de Paris

en personne. Il renouvela ses efforts pendant le temps qui s'écoula entre ce jour et celui de la prise d'habit, pour faire revenir Nanette de sa détermination. Tout fut inutile. Le sacrifice fut consommé, et la jeune fille devint l'épouse du Seigneur, en avouant qu'elle croyait accomplir un devoir, et que si elle n'eût consulté que son cœur elle fut devenue avec bonheur princesse de Courtenay, non pour l'attrait de la couronne fermée, mais parce qu'elle aimait tendrement le prince.

« Quant à la phrase qui a rapport au million dont le plus proche parent de Pierre crut devoir payer un crime dont Nanette avait connaissance, et qu'elle avait juré de ne pas révéler, les souvenirs du prince et de ses amis s'arrêtèrent, sans pouvoir rien préciser, sur les derniers momens de son père, qui se trouva ruiné

tout-à-coup, et qui donna à la fin de
sa vie des signes manifestes de terribles
remords. Une particularité que Pierre a
omise dans son récit, c'est, qu'avant d'être
bouquetière, la petite Lollier avait dis-
paru pendant trois ans, sans que, à sa
réapparition, on ait pu tirer d'elle le secret de cette mystérieuse absence. Le fait
est qu'elle se retrouva au couvent des
Carmélites de la rue de Bouloy, où une
personne bien connue l'avait amenée en
laissant une somme assez considérable
qui devait lui servir de dot si elle prenait le voile, ce qui ne fut pas alors du
goût de Nanette, laquelle malgré toutes
les représentations, s'obstina dans le des-
sein de suivre sa vocation : elle se fit bouquetière. »

Telle fut l'histoire que raconta le prince
Pierre de Courtenay, et dont le comte

Louis de Narbonne donna le complément. Elle m'est venue par une personne de la famille du prince, qui a entre les mains les lettres que j'ai copiées sur les originaux. Le lieutenant de police d'alors fit faire, pour madame de Pompadour, un rapport sur cette singulière aventure qui offre plus d'un trait de ressemblance avec celle de *Fanchon-la-Veilleuse*, et surtout avec celle de mademoiselle Tési, qui était la première cantatrice du théâtre Impérial de Vienne, et qui poussa le dévouement encore plus loin (1), puisque pour échapper à son illustre amant elle devint la femme d'un homme pauvre, âgé et infirme.

J'ai nommé, au commencement de ce chapitre, parmi les femmes qui se trou-

---

(1) L'histoire de mademoiselle Tési m'a fourni le sujet d'une nouvelle intitulée *Térésa Gordoni*.

vaient chez madame de P......n, madame
la comtesse de Balbi, maîtresse du comte
de Provence. Il paraît que Louis XVIII,
qui était, du reste, fort beau et fort brillant dans sa jeunesse, n'était pas beaucoup plus fort sur certain article que le
marquis à qui sa femme était obligée de
rappeler son devoir, en lui demandant
s'il n'avait pas touché la dot. C'est du
moins ce qui résulterait d'un mot ou
plutôt d'une lettre que lui adressa madame de Balbi pendant l'émigration.

Le comte de Provence ou de Lille,
comme il s'appelait dans son exil, était
en Angleterre, et madame de Balbi était
en Hollande, attendant sans doute l'occasion de rejoindre son royal amant,
mais, dans tous les cas, l'attendant avec
patience. Archambault de Périgord, le
frère de M. de Talleyrand, était alors en

Hollande, et le bruit se répandit, non sans raison, m'a-t-on dit, qu'il aidait madame de Balbi à se consoler de l'absence du comte de Lille. Ce bruit vint aux oreilles du prince. Il écrivit à madame de Balbi une longue lettre, dans laquelle il lui mandait les bruits qui couraient sur son compte; il ajoutait qu'il n'y croyait pas. « Mais, lui disait-il en fi-« nissant, il ne suffit pas d'être sans re-« proche; *la femme de César ne doit pas* « *même être soupçonnée.* »

Madame de Balbi, qui n'avait pas l'érudition du comte de Lille, ne prit pas la dernière phrase de cette lettre pour une citation, ou feignit de prendre le change, elle était bien assez malicieuse pour cela, elle répondit donc la lettre suivante :

« Je vous trouve plaisant avec votre
« femme de César : qu'avons-nous l'un et
« l'autre de commun avec de pareilles
« choses? vous savez bien que vous n'a-
« vez jamais été César, et que je n'ai ja-
« mais été votre femme.

IX.

Dans ce temps de frivolité, les femmes avaient trop à faire à tirer galamment, sur une jambe fine et déliée, le bas de soie qui la faisait valoir, pour songer à chausser le bas bleu. La plupart des femmes à la mode de cette époque avaient une instruction plus que douteuse; il était rare d'en trouver qui missent correctement l'orthographe. Celles qui manquaient d'esprit n'en eussent pas acquis beaucoup en devenant savantes; et celles qui avait de l'esprit naturel se passaient volontiers des ornemens de la science. Elles faisaient parade de leur ignorance, et on connaît ce joli mot d'enfant boudeur de la comtesse Diane de Polignac, qui était remplie d'esprit, mais qui ne savait pas une *panse d'A*. Un jour, devant elle, quelques érudits agitaient gravement et longuement une question à propos d'Homère.

— Laissez-moi tranquille avec votre Homère, dit-elle, tout ce que je sais de lui, c'est...

.:... Qu'il était aveugle et jouait du hautbois.

Parodie charmante, pour son application, de ce vers si connu du *Mercure galant*, dans la scène des *Deux-Procureurs*.

Ton père était aveugle et jouait du hautbois.

Cette indifférence, en matière d'érudition, n'avait pas cette fois-ci de grands inconvéniens. Ce qui arriva à la duchesse d'A....t, fut un peu moins innocent dans le résultat.

Un jour, on causait chez elle de peinture, et il était question d'un tableau de Vanloo, représentant l'enlèvement d'Europe. Je ne sais quel coq-à-l'âne fit la duchesse. Son mari, qui avait des prétentions assez peu fondées au bel esprit, lui dit d'un ton doctoral :

— Ma chère, il vous faudra lire les métamorphoses d'Ovide. J'ai dans ma bibliothèque la traduction de **Du Ryer,** avec des gravures ; cela vous amusera et vous instruira de choses qu'il est bon de savoir.

La pauvre duchesse, Dieu sait pourquoi, fut mortifiée de cette apostrophe, et elle se promit de ne plus mériter de pareils reproches.

Le lendemain, elle manda son libraire.

— Monsieur, lui dit-elle, j'ai besoin d'un certain livre qui s'appelle...

La voilà dans le même embarras où se trouva plus tard madame de Talleyrand, à propos du voyage de Denon, qu'elle finit par prendre pour Robinson Crusoé, et elle se met à chercher ce que le duc lui a conseillé de lire ; comme elle veut garder sa dignité vis-à-vis du libraire, elle ne lui raconte pas à la suite de quoi il lui prend fantaisie de lire tel livre plu-

tôt que tel autre ; enfin, ne trouvant pas
le bienheureux titre qu'elle cherchait,
elle se décida à donner au libraire quelques indications.

— C'est, lui dit-elle, un livre où il est
question de dieux et de déesses, et où il y
a des gravures. Tâchez de me trouver
cela ; je vous le paierai ce que vous vou-
drez. Mais vous me le ferez parvenir en
dessous main ; je ne veux pas que M. le
duc le sache.

Le libraire, qui n'était peut-être pas très
fort lui-même, et dérouté, d'ailleurs, par le
mystère que mettait la duchesse à se procurer le livre en question, ne songea pas
plus aux métamorphoses d'Ovide qu'à
l'Evangile. Tout-à-coup, une idée lumi-
neuse le frappa.

— Madame la duchesse sera contente
de mon zèle et de ma discrétion, lui dit-

1.

20

il, enchanté de lui-même; je sais ce qu'elle demande. Dans deux heures, je suis de retour à l'hôtel avec le livre. Je sais où m'en procurer un magnifique exemplaire. Les gravures surtout, sont de la plus grande beauté; épreuves avant la lettre; c'est splendide, mais c'est un peu cher.

— J'y mettrai le prix, dit la duchesse, apportez-le seulement. C'est un livre que je veux avoir; il m'apprendra ce que je ne sais pas encore.

L'honnête libraire, dominé par son idée fixe, ne put s'empêcher de rougir à cet aveu naïf de la grande dame, qu'il prit pour de l'effronterie, tandis que ce n'était que de l'humilité. Il sortit, et se mit en quête du livre dont la duchesse d'A....t paraissait avoir si démesurément envie.

Deux heures après, fidèle à sa promesse, il était de retour à l'hôtel d'A....t, et un valet de chambre de confiance le fit entrer par un escalier dérobé ; précaution qui ne parut pas inutile au libraire, vu l'emplête qu'il apportait sous son manteau.

Le livre était soigneusement empaqueté, il le déposa d'un air triomphant sur une console, et se retirait sans autre explication, lorsque madame d'A....t lui dit :

— Etes-vous bien sûr que c'est ce que je vous ai demandé ?

— Il n'y a pas d'erreur possible, madame la duchesse.

— Si nous le regardions ensemble.

Le libraire se troubla, comme si on lui eût fait la proposition la plus exorbitante.

— C'est tout-à-fait inutile , dit-il , en

balbutiant; d'ailleurs, le respect... ce que je dois à madame la duchesse...

Il salua profondément, et se retira, suant à grosses gouttes.

A peine fut-il parti, que la duchesse s'empressa de dégager le livre de ses liens. Dès qu'elle l'eut ouvert, elle rougit à son tour, et comprit pourquoi le pauvre libraire avait paru si embarrassé de sa personne, quand elle lui avait proposé de feuilleter avec lui cette étrange acquisition. Elle ne pouvait en croire ses yeux : comment le duc d'A....t, un des rares époux de ce temps-là qui eût le mauvais goût de montrer de la jalousie, avait-il pu lui indiquer la lecture d'un pareil livre. Le libraire s'était-il trompé? avait-il voulu la mystifier; cette dernière supposition n'était pas admissible. La première l'était davantage; mais elle tomba

tout-à-coup devant la page 18 de l'in-folio. Madame d'A....t qui, tout en faisant
ses commentaires, avait continué à tourner les feuillets de ce terrible volume,
avait trouvé, à la page 18, une gravure,
dont nous ne donnerons pas la descrip-
tion; mais en regard de laquelle elle lut
en grosses lettres :

JUPITER ET EUROPE.

Ces deux noms frappèrent à la fois ses
yeux et sa mémoire. Elle se souvint que
c'était à propos de cette histoire que le
duc l'avait renvoyée à l'école ; elle n'eut
donc plus de doute sur l'identité de
l'ouvrage, et, quelque bizarre que lui parut ce caprice d'un mari, qui donnait à
sa femme de si singuliers livres d'étude,
elle prit son parti en brave, et se mit à

dévorer l'in-folio ; texte et gravure, elle n'en perdait rien.

Il est bon de dire que la duchesse d'A...t, mariée seulement depuis un an, n'avait pas encore eu d'intrigue. Soit qu'elle fût honnête naturellement (ce dont-il est permis de douter d'après la conduite qu'elle tint par la suite) soit qu'elle n'eût rien trouvé à son goût, ou que tout bonnement la jalousie du duc d'A....t ne lui en eût pas laissé le loisir, quelle que soit de ces trois suppositions celle qu'il faut admettre, le fait n'en est pas moins certain.

Au surplus quant à l'absence d'hommes qui eussent pu plaire à la duchesse, cette raison de sa chasteté commençait à ne plus être aussi puissante. Depuis quelques jours, un jeune gentilhomme, assez ignoré, qui était quelque peu parent du

duc d'A....t, était venu habiter l'hôtel où
la générosité de son cousin lui avait
donné un appartement ; et, comme il ne
manquait pas d'instruction, il s'était
chargé de la bibliothèque. M. de B......
était parfaitement bien, madame d'A....t
l'avait remarqué. De B...... s'était de son
côté aperçu de l'effet produit, et de nom-
breuses œillades significatives avaient
déjà été échangées en attendant mieux.

Le soir de l'acquisition dont j'ai parlé,
madame d'A....t, qui avait passé plus de
quatre heures à étudier, non sans songer
au séduisant de B......, voulut cependant
sonder son mari. On soupait en petit
comité. La duchesse arrangea un de ses
plus gracieux sourires, et dit à son mari
en le regardant attentivement.

—Monsieur le duc, vous ne me gronderez plus ; j'ai le livre dont vous m'avez recommandé la lecture.

— C'est très-bien', fit le duc enchanté de l'empressement que sa femme mettait à se conformer à ses avis; c'est très-bien; il est des choses qu'une jeune femme ne doit pas ignorer.

—Ah! dit la duchesse avec presque autant de surprise que de satisfaction.

— Sans doute , continua le duc d'un ton doctoral; je ne mettrais pas un pareil livre entre les mains d'une jeune fille.

— Je le crois bien, s'écria la duchesse avec la vivacité naturelle à une jeune femme à qui la débauche n'a pas encore fait oublier que, quelques mois auparavant, elle était une jeune fille pure et candide.

— Bah ! dit le duc, vous vous effarouchez de rien; pour une femme mariée, il n'y a rien là que de très-naturel.

La duchesse n'osait plus parler; elle était anéantie devant ce qu'elle prenait pour un effroyable cynisme. Elle sentait que ce qu'elle avait vu n'avait rien de conjugal.

— Est-ce de B.... qui vous a donné ce livre? dit le duc.

— M. de B...., dit la duchesse en rougissant jusqu'aux oreilles; non, sans doute; je l'ai fait acheter, ajouta-t-elle timidement.

— Ce n'est pas mon affaire, dit le duc; mais je vous avais dit qu'il y en avait un très bel exemplaire dans la bibliothèque. De B..., continua-t-il en se retournant vers son cousin, je n'ai pas le temps de m'occuper de cela; faites-moi le plaisir de faire avec ma femme la lecture que

je lui ai recommandée; il y a des choses
qu'elle ne comprendrait pas, et que vous
lui expliquerez mieux que moi, ajouta-
t-il de l'air modeste d'un homme qui sait
bien que l'on connaît son mérite.

Il sortit là-dessus, et laissa madame
d'A....t et le jeune de B..... en présence.
Madame d'A....t était confondue de tout
ce qu'elle entendait. De B...., qui n'était
pas novice, ne perdit pas de temps.

— Madame la duchesse sort-elle ce
soir? dit-il à la belle écolière que venait
de lui donner si bénévolement ce généreux prédestiné.

— Non, dit-elle, je vais rentrer chez
moi.

— Si madame la duchesse n'était pas
fatiguée, nous pourrions, continua M. de
B...., en attachant sur les yeux de la duchesse des yeux ardens de désir et d'a-

mour, nous pourrions commencer à étudier le livre dont parlait M. le duc.

Madame d'A....t ne put répondre; ce qu'elle avait vu le matin dans ce malheureux volume vint se retracer à elle dans une danse fantastique qui lui donnait des vertiges. Elle chancela et tendit sa main vers le bras de M. B...... pour s'appuyer. Celui-ci vit ou feignit de voir dans ce mouvement un acquiescement à sa proposition. Il offrit la main à la duchesse qui, hors d'elle-même, les joues enflammées, le regard en feu, se laissa guider à son appartement sans avoir la conscience de ce qu'elle faisait.

De B...... la mena droit à son boudoir. Il vit sur un pupitre le fameux in-folio. L'agitation où il voyait la duchesse lui paraissait d'un bon augure; il ne chercha pas à entamer la conversation, et pour se donner une contenance, il porta la main sur le livre destiné aux études par ordre conjugal.

— Monsieur, s'écria madame d'A....t en s'élançant vers lui et arrêtant la main prête à ouvrir le mystérieux volume. Sortez!.... laissez-moi!

— Vous me chassez? dit tristement M. de B...... qui, bien qu'il se trouvât seul pour la première fois avec la duchesse, sentait qu'elle savait assez à quoi s'en tenir sur son cœur pour qu'il pût parler en amant affligé. — Vous ai-je offensée sans le vouloir?

— Non, dit madame d'A....t; vous ne m'avez point offensée; mais au nom du ciel ne touchez pas à ce livre.

— A ce livre, dit de B...... passablement surpris, ce n'est donc pas celui dont

mon cousin vous a recommandé la lecture.

— C'est celui-là même, dit la duchesse,
rouge de confusion et troublée au dernier point. C'est précisément pour cela.

— L'auteur de ce livre a écrit l'art
d'aimer, dit tendrement M. de B...... qui
ne voyait que les Métamorphoses d'Ovide
dans ce livre qui faisait peur à son écolière, et qui ne songea pas que l'ignorance de la duchesse l'empêchait de goû-
ter convenablement cette petite fadeur à
la Dorat.

— L'art d'aimer! s'écria la duchesse
en se cachant le visage de ses deux petites mains, et se laissant tomber sur son
sofa.

Elle sentit que ce qu'elle avait vu ne
pouvait être appelé de ce nom.

De B......, convaincu qu'il y avait un

quiproquo, brava la défense qui lui avait été faite, et d'une main hardie ouvrit le livre fatal.

Il resta stupéfait, et le respect ne put comprimer l'envie de rire dont il fut saisi, en ouvrant le riche in-folio. C'é-taient les sonnets de l'*Arétin*, enrichis des épouvantables gravures d'après les des-sins attribués à Jules Ronsain.

Le libraire, trompé par les vagues indi-cations de la duchesse, et surtout par le mystère qu'elle paraissait mettre à l'acqui-sition du livre dont elle ignorait le titre, habitué du reste à vendre de semblables choses aux grandes dames de la cour, avait finement décidé que le livre où il était question de dieux et de déesses, et qu'on lui désignait comme orné de riches dessins, ne pouvait être, ainsi clandes-tinement demandé, que les sonnets de l'*Arétin*. On comprend l'embarras où il se trouva lorsque madame d'A....t lui proposa d'ouvrir le livre devant lui.

Celui de M. de B...,... ne fut pas moins grand. Toutefois il résolut de profiter de la méprise. Il se rapprocha de la duchesse, et laissant là le livre infâme, il lui parla de son amour en termes si tendres que la leçon se prolongea, et que le professeur ne sortit du boudoir que fort tard.

Si M. d'A....t n'avait pas conseillé à sa femme des lectures savantes, tout ceci ne serait peut-être pas arrivé.

Pour être dans le vrai, et rendre à chacun ce qui lui est dû, il faut ajouter qu'il est probable que cela fût arrivé d'une autre manière.

Par monsieur le duc d'A....t, son parent, ou plutôt par madame la duchesse

d'A....t, sa parente et sa maîtresse , M. de
B...... se produisit d'une manière assez
avantageuse. Il se maria avec une fille de
finances qui lui apporta une belle fortune , et le mit en bonne posture à la
cour. Madame d'A....t , à qui ses leçons
avaient profité, lui en conserva une reconnaissance telle, que jamais, depuis
lors, elle ne put complètement se séparer
de lui. Au milieu de ses intrigues les plus
compliquées, il lui fallait son cher cousin
de B...... de temps en temps; et il paraît
que tel était son mérite, que lorsque la
fantaisie de se divertir avec lui venait à
la tête de madame d'A....t, rien ne pouvait l'empêcher de se passer cette fantaisie.

La duchesse d'A....t était la femme la
plus bizarre qu'on pût voir. Les idées
les plus biscornues étaient celles qu'elle

adoptait avec le plus d'empressement.
Ce fut elle qui fit le mariage de son cousin avec mademoiselle F...... Elle s'était
occupée de la corbeille comme eût pu le
faire la meilleure des sœurs ou des mè-
res. Le jour de la noce, elle eut une de
ces pensées saugrenues dont l'accomplissement ne lui coûtait rien, eût-il fallu,
pour y arriver, sacrifier tout au monde.

Elle prit M. de B...... en particulier et
lui dit du plus grand sérieux du monde :

— Louis, vous ne pouvez coucher ce
soir avec votre femme.

— Et pourquoi cela ? dit M. de B......
stupéfait.

— Parce que vous couchez avec moi.

M. de B...... accoutumé aux excentri-
cités de la duchesse se mit à rire, et lui
prenant la main :

— Si vous voulez bien le permettre,

lui dit-il, ce sera pour une autre fois. Vous comprenez que ce soir je ne puis pas....

— Vous ne pouvez pas? lui dit-elle furieuse. Je vous ferai bien pouvoir.

M. de B...... lui rit encore au nez, et ne songea plus à cette étrange proposition.

Madame d'A....t ne fit plus semblant d'y penser; mais le soir, quand M. de B...... fut seul avec sa femme, qui était vraiment charmante, ils entendirent frapper à la porte de leur appartement.

— Qui est là? dit M. de B..... avec humeur.

— C'est moi, répondit une voix que les jeunes époux reconnurent pour celle de madame F..., la mère de la mariée.

M. de B..., très contrarié, alla ouvrir.

Madame F... parut; elle était flanquée de la duchesse d'A....t, dont l'air impassible ne trahissait pas la pensée, mais à qui M. de B... n'hésita pas à attribuer cette visite intempestive.

— Puis-je savoir, dit-il, le motif?..

— Le motif est très grave, monsieur le vicomte, dit madame F..., avec ce ton d'importance que les personnes communes (elle l'était au dernier point) mettent à débiter tout ce qui est préjugé, et qu'elles regardent comme article de foi.

M. de B..., à ce préambule, lança à la duchesse un regard foudroyant, et se prépara à recevoir l'attaque comme il convenait.

— Je suis désolée, dit madame F.., de vous déranger; mais je connais trop mes devoirs de mère de famille, pour permettre que ma fille soit exposée aux dangers qui la

menacent, et que vous auriez dû prévoir
vous-même, monsieur le vicomte. Je
mets cet oubli sur le compte de votre
excès d'amour, et ne vous fais pas de reproches; puisque je suis arrivée à temps,
grâce à Dieu, il n'y a pas de mal.

M. de B... regardait tour à tour sa belle-
mère et la duchesse, comme pour demander l'explication de ce qui se passait.
Quand madame F... eut fini son discours,
il s'avança vers elle avec un peu de vivacité, et lui dit d'un ton sec :

— Enfin, madame, que voulez-vous?

— Ce que je veux? dit madame F...
c'est que ma fille ne fasse pas des enfans
qui soient exposés à avoir les écrouelles.

— Les écrouelles, madame, s'écria le
vicomte ! êtes-vous folle?

— Non, dit madame F..., avec l'assu-

rance d'un martyr qui confesse la foi —
n'êtes-vous pas de la famille d'A....t?

— Eh bien, dit le vicomte hors de lui,
quelle sottise venez-vous nous dire là?
est-ce que les d'A....t ont les écrouelles?

— Mon Dieu non, dit madame F...;
mais vous savez tout aussi bien que moi,
et même avant moi, que lorsque la première nuit de leurs noces, ils couchent
avec leurs femmes, au lieu de passer la
nuit à prier Saint-Cosme, tous les enfans
ont les écrouelles; vous voyez que je suis
au fait.

M. de B... était pâle de colère, cependant, il se contint.

— Et c'est sans doute madame la duchesse d'A....t qui vient de vous faire
cette belle confidence? dit-il en jetant un
regard furieux à la pauvre duchesse.

— Ce dont je lui serai éternellement

reconnaissante, s'écria madame F....;
sans elle, vous faisiez un beau coup.

— Madame la duchesse aura perdu son
officieuse peine, dit le vicomte; car, par
Dieu! je coucherai avec ma femme. —
Madame, dit-il à sa belle mère, j'en suis
bien fâché; mais on s'est moqué de vous.

— Ils sont tous comme cela, dit madame d'A....t avec un sang froid imper-
turbable. J'ai été obligée de mettre monsieur d'A....t à la porte.

La mariée avait bien envie de prendre le parti de son mari contre sa mère
et sa nouvelle cousine; mais le respect
la retenait. Madame F...... commençait
à élever la voix. M. de B...... qui voyait
qu'il ne pouvait désabuser sa belle-mère
qu'en démasquant la duchesse qui, après
tout, était sa bienfaitrice, jugea bientôt
que ce qu'il avait de mieux à faire, quel-

que désagréable que fût ce parti, était de
céder de bonne grâce, se promettant
bien, toutefois, de ne pas laisser madame
d'A....t profiter de sa perfidie. Il consentit donc à se retirer. A peine avait-il prononcé ce consentement, que M. de B.....
vit la duchesse s'éloigner. Il s'imagina
qu'elle l'attendrait dans quelque corridor. Bientôt après, il entendit le bruit
d'une voiture qui s'éloignait. Ce devait
être la duchesse; elle se sera contentée,
pensa-t-il, de m'empêcher de coucher
avec ma femme, le tour est déjà bien assez atroce; elle le paiera cher.

Il se fit conduire par sa belle-mère à
l'appartement qu'il devait occuper; et,
malgré la parole qu'il donna de ne pas
en sortir, madame F.... l'y enferma à la
clé, parce que, lui dit-elle en riant beau-

coup de cette fine plaisanterie, la chair est faible.

M. de B... se disposa à se coucher, furieux du tour que lui jouait sa bizarre cousine. Quel fut son étonnement, en entrant dans son lit, d'y trouver la duchesse, qui lui dit en riant :

— Eh bien, vicomte, ce que femme veut, Dieu le veut !

Il se précipita à bas du lit; mais, comme l'avait dit madame F...., la chair est faible, et madame d'A... t n'en fut pas pour ses frais.

Le lendemain on persuada facilement à madame F.... et à la petite vicomtesse, qui ne l'était encore qu'à moitié, que ces petites misères de famille devaient ne pas transpirer hors de la chambre conjugale ; qu'il suffisait, pour l'avenir, que la vicomtesse sût à quoi s'en tenir, et

qu'il ne fallait même pas en parler à M.
F. qui avait de l'esprit et du sens, et qui
eût facilement trouvé le pot-aux-roses.

Mademoiselle F.... fut le soir tout-à-
fait madame de B..,., et des quatre
garçons qu'elle eut, pas un n'a eu les
écrouelles.

FIN DU PREMIER VOLUME.

TABLE

DES MATIÈRES DU PREMIER VOLUME.

—

Fontainebleau. — Imprimerie de E. Jacquin.

www.ingramcontent.com/pod-product-compliance
Lightning Source LLC
Chambersburg PA
CBHW050156030726
47505CB00005B/1398